Voyage to Xaraguá

"Taíno *Ni Rahú*" Series, Book 3 of 10

by Lynne Guitar, Ph.D.

Illustrations, Nathalie ("Tali") Saxton de Pérez

Titles in the Taíno Ni Rahú Series:

Website: lynneguitar.weebly.com
lynneguitar@yahoo.com

Copyright © 2017 Lynne A. Guitar, Ph.D.
All rights reserved.
ISBN-13: 978-1973963196
ISBN-10: 1973963191

DEDICATION

These books are dedicated to my daughter, Eileen Julian, and my grandsons Krishna, Jagan, and Darshan Nautiyal, whose voracious appetites for good books motivated me to write them, as well as to my daughter Leidy Medina de Batista, my dear friend Jorge Estévez, and all the other descendants of the Taíno people, so you can be even more proud of your ancestors and of yourselves—for you are the flesh and spirit of the living Taíno people.

—AUTHOR'S FOREWORD—

I first visited the Dominican Republic in 1984, which is when I fell in love with the history and culture of the Taíno Indians (pronounced "tie-ée-no"). When we say "Taíno" today, however, it is important to know that we are really talking about at least six different Indigenous tribes and one nation of people, each with its own language and customs, who lived on the islands of the Greater Antilles in 1492, when Christopher Columbus claimed them for Spain. The most advanced group in terms of agriculture, commercial trade, art, religion, and political organization were the people of the Taíno Nation, who called out "Nitaíno! Nitaíno!" to the Spanish ships, a word that means something like "family" or "relatives" in their language, not "noble or good people," as historians have long believed. The Spaniards reduced it to "Taíno" and used it for all of the Indigenous peoples of the Caribbean except those whom the Taíno called Karibs (meaning "the Fierce People"), who settled the islands of the Lesser Antilles. Karibs call themselves Kalinago.

For five centuries it was believed that the Taíno were totally wiped out by around 1550, but new research has proven that was a myth. In 1492, there were most likely 4 million or more Indigenous people on the island of Hispaniola alone, not 200,000 like the Spanish chroniclers wrote. (Hispaniola is the island that is shared today by the Dominican Republic and the Republic of Haiti, and is called Santo Domingo by most Dominicans.) Today we know that approximately 10% to 20% of the Indigenous peoples of the Greater Antilles survived the Spanish Conquest, merging their genes and their cultures with those of Europeans, Africans, and other Native peoples to become modern-day Dominicans, Haitians, Cubans, Puerto Ricans, and Jamaicans.

These stories about Kayabó, Anani, and their family are works of fiction, but are based on the actual daily lives, values, and beliefs of the Taíno people, according to the latest research. There is still so much to learn about them! I hope that some of you readers are encouraged to continue the research.

—*Taíno ti* (May the Great Spirit be with you)
Lynne Guitar (Ph.D. in Latin American History & Cultural Anthropology, Vanderbilt University, U.S.A.)

Brief Autobiography: I lived as a permanent resident, teacher, historical-cultural guide, writer, administrator of study abroad programs for CIEE (Council on International Educational Exchange), and independent researcher in the Dominican Republic from 1997 through January 2016. The Ni Rahú Cave is in La Piedra, just northeast of Santo Domingo, the Capital. Retired, I now reside in the U.S.A. again, where I hope to write and publish all the historical-fiction books I never had time for while working.

Linguistic Notes: 1) Specialists in Puerto Rico and the U.S.A., among other places, are attempting to reconstruct the Taíno language. They have requested that we use the letter "k" to represent the hard sound of the letter "c" when writing words such as "kacike," "yuka" and "konuko," instead of a "c" like the Spaniards use, to ensure that the pronunciation is correct. 2) When referring to the Taíno Nation or Taíno People as a whole, "the Taíno," without the final "s," is correct. "Taínos," with an "s," refers to particular groups of individuals. I have followed these practices in my books.

Historical Background & Characters,

Voyage to Xaraguá

The two main characters in the series are Kayabó and Anani, a Taíno (pronounced tie-eé-no) brother and sister. Kayabó will be 13 in one month and Anani just turned 11 in September 1489, when this part of the story takes place. They live in Kaleta (*kah-láy-tah*), a fishing village on the Caribbean Coast, just east of today's Santo Domingo, where the town of La Caleta still stands. Its beach is popular with the fishermen and local children today, but is virtually undiscovered by tourists, except SCUBA divers, especially now that the on-site museum, which once protected a Taíno burial ground, is roofless and falling down. On the western coast of the island is Port-au-Prince, the Capital of the Republic of Haiti, which was once known as Xaraguá (*hahr-ah-gwáh*) and was the largest and most culturally advanced of the Taíno chiefdoms on the island. The Kacike of Xaraguá in 1489 was Bohechío, and one of his sisters (one year older than Kayabó) was Anakaona. Part of the story takes place there.

Kayabó (kah-yah-bóh)—His name means "where there is abundance" in Taíno.

Anani (ah-náh-knee)—Her name means "water flower" in Taíno.

Anakaona (ah-nah-kah-óh-nah)—Anakaona is one of Kacike Bohechío's sisters. She is only 15 years old (one year older than Kayabó) when Kayabó and Anani first come to Xaraguá. They become lifelong friends. She marries Kaonabó, the Kacike of Maguana, which was the second largest of the residential/political regions on the island after Xaraguá. When the Spaniards arrive, and both her husband and her brother die, Anakaona becomes the *kacika* (female chief) of both *kazcikazgos* (chiefdoms). Also known as "The Poetess," today, she is the best known and most beloved of all the Taíno women who ever lived.

Arokael (ah-row-kah-él)—Arokael is the Taíno word for "grandfather." He was Kayabó and Anani's grandfather and for many years was the *behike* (shaman/healer) of Kaleta until he died and was reincarnated into the body of a young *karey* (green sea turtle). He is Kayabó's principal spirit guide and sometimes speaks with Anani, too, but mostly in dreams.

Atabeyra (ah-tah-báy-rah)—She is the divine mother of the most supreme of the Taíno spirit guides, Yukahú Bagua Maorokoti. He rules over both *yuka* and the sea, while Atabeyra rules over the

8

moon, fresh water, and fertility. She is Anani's principal spirit guide.

Bamo (báh-moe)—One of the Kayabó and Anani's 3 fathers; he leads the trading voyage to the Land of the Maya.

Bohechío—Kacike of Xaraguá. His *kacikazgo* (chiefdom) is the largest and most culturally advanced on the island. He has more than 30 wives, and Anakaona is one of his sisters.

Guabos (gwáh-bohz)—The *kacike* (chief) of Kaleta.

Hayatí (High-ah-tée)—One of Kayabó and Anani's 3 fathers.

Kagua (káh-gwuah)—He and Umatex are the two apprentices who served Arokael and now assist Anani.

Mabey (mah-báy)—One of two fisherman from Neiba.

Majagua (ma-há-gwua)—One of Kayabó and Anani's older brothers; he protects and guides Kayabó.

Makuya (mah-kuú-yah)—The *behike* of Xaraguá, who becomes like a grandfather to Anani.

Marakay (marr-ah-kígh)—One of Kayabó and Anani's 3 fathers.

Marokayel (mah-rów-kah-él)—From one of the Taíno creation stories, we know that he was guardian of the cave known as Kacibajagua, from which all the people came. He neglected his duties one morning, so he was turned to stone. Taínos carve his face into a prominent stone column, stalactite, or stalagmite in the entrances of all their sacred caves as

9

signs that only *behikes* (shaman) are to enter. His name is obviously related to the word for grandfather, *arokael.*

Nibagua (knee-báh-gwah)—The *behike* who trained Arokael.

Onay (oh-náy)—One of Anani and Kayabó's younger sisters.

Umatex (uú-mah-tex)—He and Kagua are the two apprentices who served Arokael and now assist Anani.

Warishe (whar-eé-shay)—The youngest of Kayabó and Anani's 4 mothers.

Yajíma (jah-heé-mah)—A young girl from Xaraguá with whom Kayabó falls in love and marries.

Voyage to Xaraguá
Lynne Guitar, Ph.D.

It was just before sunset, and Kayabó lay on the rocks at the end of the long row that jutted out toward the sea from the beach at Kaleta. This had become his favorite spot in the world, because in the hours of darkness, the young *karey* (green sea turtle) that in a previous life had been his grandfather, Arokael, often came here to speak with him. This afternoon the sea was quiet, calm, and the warmth of *güey* (the sun) felt wonderful on his left leg, which had been badly injured a little more than three months ago, but which was healing nicely now. It still felt "tight," though, where the jagged scar on his calf was slowly disappearing under daily applications of the medicinal herbs sent to him by his sister Anani. At just 11 years of age, she had recently been appointed as the new *behika* (healer) of Kaleta, or rather the *behika* in training, who had replaced their Arokael.

"Hey, lazy boy," said Majagua, one of his older brothers, coming silently up behind him, one of the

11

family's *aón* (dogs) trotting happily at his side. "Come on back home. Hayatí, Bamo, and Marakay (the boys' three fathers) have called a family meeting." He extended a strong hand to help Kayabó up, and the two exchanged a warm forehead-to-forehead greeting.

The two brothers were so different, for Majagua, in his late 20s, was of medium height, broad-shouldered, and well-muscled, with dark copper-colored skin, while Kayabó, who would soon be 14, was already tall and muscular, but slim, and his skin was a light copper tone. Together, with the *aón* at their side, they walked arm in arm back toward their *bohío* (home).

"The sisters of my husband's family also have a good store of beautifully woven cloth that I'm certain they will want us to take along," Warishe (the youngest of the children's four mothers) was saying as Majagua and Kayabó picked up straw mats from beside the *bohío* and quietly joined the rest of the older members of the family, who sat in a large circle under the shade of a huge cedar tree. All of Kayabó's mothers and fathers were there, as well as his 11 older brothers and sisters. He was the youngest at the meeting. "And of course, my husband also wants to participate in the voyage," continued Warishe.

"*Taíno ti, rahú,*" Bamo greeted his sons. "We are discussing an upcoming hunting and trading trip, and hope that the two of you will go along."

Kayabó nodded and said, "*Jan-jan* (yes)," eagerly, before he knew any of the details. He was always ready to do new things, see new places, meet new people—always ready for new adventures.

Bamo smiled, and continued, "We will take with us as much cloth and smoked fish as we can, and hope to pick up salt and many birds to smoke in Neiba, the large bay to the west." Turning to his wives, he said, "So do not forget to prepare the *higüeras* (gourds)." Turning back to the circle at large, he continued, "The cloth, fish, birds, and salt are what we will trade in the lands of Bohechío, on the far western side of the island. There we hope to get, in exchange, as many of their famous carved wooden bowls as possible…. Then we will take those bowls to the mainland and trade them for *guanín.*"

Kayabó gasped, for *guanín* was the most precious of all things in the world of the living. Its surface shone coppery-gold like *güey* itself and it was only available from a people called the Maya in a land far, far away, where *güey* went to sleep in the west. No one whom he had ever known had traveled that far!

About a year and a half ago, Majagua had girdled a huge *ceiba* tree in the forest not far from Kaleta. That is, he had cut all of the bark from the tree in a hand's-high circle around the tree's base. When asked why, he just shrugged his shoulders and said he was told in a dream to do so. Out of that tree, which was now nearly dead, the family would carve a *piragua*, a boat far larger and more stable than a *kanoa*. When completed, it would be capable of holding many rowers and a large amount of food, drinking water, and trade goods.

Now Kayabó and half a dozen of his other brothers stood beside that tree, in awe of its great size. It took three of them with linked arms to encircle it! They looked to Majagua for guidance in cutting it down.

"We will begin chopping here, on this side of the tree, and must always keep the cut on this side the deepest," said Majagua. Pointing to an open field, he continued, "That way, when the tree falls, it will fall in that direction, where there is nothing to block it." He indicated that Kayabó and two of his other brothers should begin chopping the tree, and sent the others off into the forest to begin gathering firewood.

Working in teams, it took them a little more than a month. One team chopped at the tree and the other team gathered firewood, switching places every couple of hours, while two of the younger boys spent all day sharpening the stone axes. But when

the tree was almost cut through, Majagua told them to stop. "In two more days," he said, "*karaya* (the moon) will be just past full, and at dawn the tide will be halfway between its highest and lowest levels. That is when we must cut the tree down so that the woodworms do not eat our *piragua*."

15

Kayabó soon realized that the next phase of the work, trimming off the branches and bark, shaping the front and back ends of the trunk, burning out the central part, then scraping out the charred wood, was even harder than the chopping had been. His arms and back still hurt from swinging the *manaya* (ax) and now from using it as a scraping tool. The only break they had from hard work day in and day out, other than meal time, was when he and his brothers went to bathe in the river several times a day. They needed to bathe frequently not only to cool off because it was so hot working with fire, but also to cleanse the black soot off their faces, hands, and bodies.

They were not the only ones working hard to prepare for the trading trip. Everyone in the family was. While the older brothers worked on the *piragua*, their fathers took their younger brothers out to fish, while their mothers and sisters were weaving cloth, gathering cloth from all their relatives, building green-stick *bukanes* (smoking racks) along the beach, smoking fish, wrapping the smoked fish in palm leaves, and preparing lots of *kasabe* for the long voyage.

Some of the younger girls were sent to gather *higüeras*. Little Onay volunteered for the special task of making an *higüera* for Kayabó's head, since he was not married and had no wife to do so. She giggled one early morning as she held up the large, hollowed-out *higüera* to his face, to trace on it with a sharpened stick the places where she would carefully carve eye holes and a mouth hole.

"Careful, Onay" said Kayabó, teasing her. "I do not want you to poke an eye out with that stick!" As they laughed together, they heard a honking sound from far away. Kayabó held his hand up over his eyes to shade them from the rising sun and looked toward the south. They watched as *güey* darkened due to a thick flock of birds flying north. There were so many and their honking was so loud that Kayabó had to yell as he said to Onay, "One day soon, I'll use your *higüera* to catch my share of those!"

Finally the huge *piragua* was ready for the final stage—dragging it to the beach, polishing it with wet sand for days until both the inside and outside of the wooden boat were smooth to the touch, rubbing it down with animal grease mixed with the powdered red dye called *bija*, and then putting it to sea.

On the day of the *piragua's* launch, Kayabó was the first person out on the beach. He awoke long before dawn, even though he had stayed up late helping to load the *piragua* with all the necessary supplies and trading goods. He walked to the end of the rocks to speak face-to-face with Arokael in his reincarnation as a green sea turtle, perhaps for the last time in a long while. They broke off their conversation, however, when his grandfather told him that Anani was arriving. Kayabó said goodbye to Arokael and ran back to the beach to greet his sister.

Anani had been living in seclusion for months now in the *bohío* that formerly belonged to Arokael, where she worked every day with her grandfather's former apprentices, Kagua and Umatex, to learn what they had learned from the deceased *behike*. The only other person who had seen her in all that time was their mother Naneke, who took food to her every day and carried medicinal herbs back to Kayabó. Anani now wore a knee-length cotton cape dyed darkest black, white cotton arm and leg bands bearing black bat symbols, and a beautiful necklace that shimmered in the light of the rising sun and which nearly covered her chest. It was made from the pearl-like interior of a large conch shell and carved in the shape of a bat with outspread wings

She and Kayabó exchanged forehead-to-forehead greetings, for they had had an especially close relationship for more than a year, ever since they had saved the village from drought by rediscovering the hidden pools of fresh water in what was now called the Ni Rahú Cave (Children of the Water Cave).

"You look almost grown up, dearest sister," he said, holding her out at arm's length. "And where did you get the beautiful bat necklace?"

She reached up her right hand to fondle the necklace, while responding, "It was a gift from our Arokael. You can speak with him in his current form as a green sea turtle. I cannot, but ever since I was appointed to be the new *behika* and moved into his *bohío*, he has appeared to me in dreams. Not every night, but several times a week."

"What do the two of you talk about in these dreams?" asked Kayabó, holding her close.

"Mostly we talk about the errors in what Kagua and Umatex are attempting to teach me," she responded, giggling and glancing in their direction. "But it appears that he knew well in advance that, despite my young age, I would be appointed to replace him. And one night last week, Arokael said I was learning so fast that I deserved a reward. He told me where he had hidden this necklace, which was a gift to him from Nibagua, the *behike* who trained him."

Just then, all their younger brothers and sisters swarmed around them, begging to be picked up and snuggled. "Anani, Anani!" they cried, for they had missed their sister. Behind them came their mothers, fathers, and other brothers and sisters, laughing and chatting happily in anticipation of the ceremony this morning and the *areito* (song and dance festival) tonight, as the people of the *yukayeke* (town) prayed for the welfare of those who were to go on the voyage to the land of the Maya.

Kacike Guabos, dressed in his ceremonial white cape and crown, both embroidered with gold thread and brightly colored parrot feathers, his elaborately beaded golden belt, and his necklace of individually

carved dog teeth, arrived, followed by many of the other people of Kaleta, who crowded onto the beach around Kayabó's family and the new red *piragua*, whose bow was in the water, but the rest of it still on the sand.

Kacike Guabos and Anani walked knee-deep into the water near the bow of the *piragua* and turned in unison toward *güey*, raising their arms high, as the sun's rays reached out to them. Behind them, Kagua and Umatex raised stone bowls of burning incense and tobacco, the thick black smoke rising into the air like the prayers of their leaders. Turning from the east to the north, to the west, and finally to the south, they greeted the morning, praying in loud sing-song voices to the *cemís* (spirit guides) of all directions to cherish and protect the travelers.

As the sound of *fotutos* (conch-shell trumpets) filled the air, Kayabó, Majagua, their father Bamo, the old sea trader Akobo, and the rest of the older boys and men of the family who were to go on the voyage, leaped aboard and grabbed up the waiting oars. Hayatí and Marakay, their other two fathers, together with their younger brothers and all the onlookers who were closest to the boat, joined forces to push the *piragua* into the embrace of the sea. Anani jumped into the boat, yelling back toward the surprised Kacike Guabos, "Both Atabeyra and Arokael have ordered me to go with them." Everyone on shore began shouting, "*Maya ba aya*! *Maya ba aya*!" ("To the westernmost Maya land!"), as the rowers turned the heavily laden *piragua* toward the west.

It was turning dusk as Akobo called out that they should put to shore. "The largest of the fresh water lagoons is a hard day's walk beyond that mountain," he said, laying down his oar and rubbing his left shoulder. Kayabó was glad that Akobo had joined the family on this voyage. His father Bamo had agreed that the old sea trader knew these waters better than anyone else, and he had been a great help when Kayabó had been hurt and the family *kanoa* damaged several moons earlier. Therefore, Bamo had invited Akobo on the trading voyage, even though he was not a member of the family.

It was a nice evening, with no hint of rain, so after walking about a bit or swimming to take away the cramped feeling from having spent all day aboard the *piragua*, everyone just lay down on woven mats on the upper reaches of the rocky beach to eat some smoked fish and *kasabe*, and go to sleep.

Kayabó had offered to take the first watch, so Anani came to sit beside him.

"Why are you going to a lagoon tomorrow?" she asked him.

"To capture a large amount of the migrating water fowl," responded Kayabó. "They rest and eat at fresh-water lagoons like that one, and we can catch hundreds at a time by tricking them with the *higüeras*. As you know, Xaraguá has a much larger population than Kaleta, so we hope they will be willing to trade some of their carved wooden bowls for food—the smoked fish from Kaleta and smoked fowl from here, along with some of the cloth that we carry."

"I will go along to the lagoon," said Anani. "I have heard about using *higüeras* to hunt water fowl, but have never seen it done. And there are some medicinal plants that only grow near fresh water, so it will be a good opportunity for me to find and collect them."

They watched the motion of the waves and talked on and off until it was time to wake up Warishe´s husband to take his turn as night guard.

It was a long walk to the lagoon. They awoke before dawn, leaving two men behind as guards, and climbed up and over the mountain, then picked their way among the mangroves without stopping to rest. All day, flocks of birds flew overhead, some so thick that they blocked the light of the sun, so it was easy to stay en route to the lagoon. They carried only drinking water, a little smoked fish and *kasabe*, the *makutos* (rectangular flexible baskets) filled with *higüeras*, and sleeping mats, so they made good time, but still did not arrive until nearly nightfall.

Before dawn the following morning, Kayabó and the rest of the men collected their *makutos* and carefully, quietly, made their way to the shore of the lagoon. Anani, choosing where she stepped so as to make no noise, followed them. The first rays of the sun peeking over the mountain softly illuminated an incredible scene: The placid waters of the lagoon were made dark by the thousands of water fowl of different kinds that swam quietly in the dawn´s soft golden light. There was only a quiet honking sound now and again to break the silence. Here and there, birds bobbed down to catch and eat a small fish or a frog.

Everyone in the hunting group slipped silently toward the shore, the men now on their bellies, sliding like snakes through the reeds and grasses along the bank of the lagoon. Anani found a large tree behind which she could stand and watch the hunt.

At a signal from Bamo—a piercing whistle—all the hunters stood and threw the *higüeras* from their *makutos* as far as they could into the water, then dropped down to hide in the grasses again. Immediately, all of the thousands of resting birds arose, filling the air with their screeching and frantic flapping of wings as the *higüeras* began to bob about in the gentle waves of the lagoon. Several minutes later, some of the birds, apparently realizing that the *higüeras* were harmless, began to settle back down on the water. Soon they were all back, swimming among the floating *higüeras*, once again diving down to find small fish and frogs to eat to fortify them for the day´s flight.

It was then that the hunters quietly put their special *higüeras* on their heads and slipped silently into the water, carrying their now empty *makutos*. Anani noted how the hunters, invisible under the water, moved their *higüera*-covered heads slowly from side to side, imitating the bobbing motion of the floating *higüeras* as they swam among the birds. One by one, she watched as birds near the hunters dove down for food… but did not come back up. The hunters had pulled the birds down by their feet and were filling their *makutos* with them. The captured birds drowned silently, unable to warn the birds swimming above them of the danger among them.

Only a short while later, after another piercing whistle from Bamo, all the hunters had stuffed their *makutos* full of birds and came out of the water laughing and talking excitedly about their success, causing another panic among the resting birds.

The hunting team got back to the beach camp just as the sun was setting. After a swim, they sat around the fire pit, and while a number of the birds roasted on a spit, they and the rest of the traders made several dozen *bukanes* so they could smoke the rest the following day. Everyone slept well, their bellies full of roasted fowl.

The next morning, visitors arrived—two small *kanoas* with fishermen from the northern part of the bay. Bamo offered them a breakfast of roasted fowl and *kasabe*, which they gratefully accepted. Afterwards, they offered to take a couple of Bamo´s men to the mountain of salt. While Anani was off gathering more medicinal herbs at the foot of the mountain, Majagua and Kayabó went with two of the strangers, leaving the rest of the family to smoke and pack the birds they had captured the day before.

"¡*Guay*!" exclaimed Kayabó as he helped Majagua and the two fishermen pull the *kanoa* ashore an hour later. "There is nothing green here!"

Indeed, the rocky shoreline led up to a small range of mountains that were just as rocky and barren as the shore.

"It is this way for as far as a man can walk in a day, or maybe more," said one of the fishermen, whose name was Mabey. "But those of us who live nearby never have to evaporate seawater to get salt," he continued. "In this desolate region, you can pick it up in the form of beautiful stones. Like this!" he said, bending down and picking up a crystal larger than his hand, which he passed to Kayabó. "I think that all the force of the land here goes into making these stones," he said, "and does not leave enough strength for the soil to grow plants."

Kayabó turned the crystal this way and that. It glistened in the sun.

"Put your tongue to it," said Mabey.

"¡*Guay*!" Kayabó said again, making a face. "You try it, Majagua," he said, handing it to his brother. "Turning toward Mabey, he said, "Perhaps the salt in such quantity poisons the soil and makes it unable to grow plants."

Majagua also put his tongue out to taste the rock and made a face. "Tastes bad all by itself," he said, "but it will be valuable as a trade item, for small amounts make food taste better. And the stones do not occupy much space. I understand why Bamo wanted us to seek it out."

They gathered four *makutos* full of the beautiful crystal rocks to take back to where Bamo´s family was camped. As they were approaching the encampment, Mabey turned to Majagua and said, "Be careful that the salt rocks do not get wet. If they do, they disappear."

Kayabó thought that was strange. A stone that disappears if it gets wet?

Two days later, the *piragua* rounded a stone outcropping and entered the Bay of Xaraguá, the largest *yukayeke* on the island, with the exception of Higüey, far to the east.

Kayabó was seated near his sister in the stern of the *piragua*, taking a break from rowing. "Have you ever seen so many *bohíos* (houses) in all your life?" he asked her, mouth open in awe. There were so many that they filled the valley, spilled toward the shore, and marched up the mountain that was the valley´s backdrop. "The vast stretches of green land to the north must be the *konukos*, he said. "And look at the size of the *kaney* (the *kacike's* "palace")," he said, pointing toward the center of the *yukayeke*. The rectangular *kaney* was huge, with a wide, covered veranda on the long side that faced the sea. And instead of one *batey* (plaza/ball court) in front of it, there were three! He could not count the number of *kanoas* drawn up on the beach, alongside five *piraguas*, three of which were much larger than his family´s.

As they approached the beach, aiming for the part where the other *piraguas* were drawn up onto the sand, what appeared to be hundreds of people—far more than there were all together living in Kaleta!—came out to greet them. The cry of "*Taíno tí*!" (May the Great Spirit be with you!) rang out across the water, and one by one they all sat down cross-legged on the sand, except for a dozen men who helped Kayabó´s family bring their boat ashore… then they, too, sat on the sand, legs crossed.

Akobo, who had been here several times before, approached one of the seated men who had helped land the boat. He knelt in the sand in front of him and placed his forehead against the seated man´s forehead as a greeting to both the man and to his *cemí* (spiritual guides), then both stood up and nodded, smiling at each other. Akobo then knelt down in front of another of the helpful men for the ceremonial greeting. Quickly taking the hint, the rest of Bamo´s family knelt in front of the others in the same ceremonial forehead-to-forehead greeting, and soon all were standing and smiling cheerfully. The two groups of people began to speak softly with each other as the traders were led to the *kacike´s kaney*.

Suddenly there was the happy sound of flutes, and from behind the *kaney* came a group of 15 young girls, the oldest among them about 14 years old, all with flower garlands around their heads and shell anklets that tinkled as they walked. They were singing a delightful song about butterflies and were accompanied by 10 young boys of about the same age playing flutes. While the visitors were guided to stand before the raised veranda of the *kaney*, the children climbed onto the veranda and turned to face them. They finished the butterfly song and broke into another, this one about a great and wise *kacike* and all that he had done for his people.

As they were singing, Bohechío, the great Kacike of Xaraguá, came out of the *kaney* to stand among his children, and younger sisters and brothers. He was wearing a ceremonial cape that came down to his ankles—it was pure white and embroidered with golden thread and brilliant feathers. He also wore a matching head piece with long colorful feathers, some of which stood nearly a foot high, a large *guanín* (medallion) on his chest that glittered in the sun, marking him as a high ranking *kacike*, and a wide belt decorated with tiny shells and beads of all colors, whose central face was a gold-emblazoned shark, representing his strength and intelligence, despite being so young. Kayabó guessed that he was not much older than Majagua, maybe in his mid- to late-twenties.

Bohechío welcomed them all to his *kacikazgo*, then asked who was the leader of this trading expedition, and called Bamo up onto veranda with him. They spoke for only a few minutes, but during that time Bohechío pointed down to Anani and obviously asked a question about her, after which he looked her way and smiled. He and Bamo exchanged a few more words, then Bamo stepped down to rejoin his family.

"My sisters and daughters will guide you to a *bohío* that will be yours for the balance of your stay," said Bohechío. "And I will provide each of you men with an unmarried woman of Xaraguá to be your companion while you are here." Turning to look down at Bamo, he continued. "With your permission, Bamo, Anani will stay there with my sisters," and he pointed to a large *bohío* beside his *kaney*. Bamo nodded assent. Bohechío then turned to the oldest of the young girls in the singing group and continued, "Anakaona, please show Anani which *hamaka* will be hers. You are to be her friend and guide while she is here."

"It will be my pleasure," said Anakaona, in a sweet but strong voice, nodding to her brother.

"Now go, my friends of Kaleta. Bathe, eat, rest…. Tonight we will have a grand *areito* to celebrate your arrival, and tomorrow afternoon we will talk trade."

When Anani saw Kayabó again that evening, he was accompanied by a lovely young girl from Xaraguá, with copper-colored skin, thick black hair cut in the traditional style, and large black eyes. "Anani!" he greeted her, I would like to introduce you to Yajima…. Yajima, this is my sister Anani." The two girls eyed each other suspiciously.

The *areito* began with a long song about the history of Xaraguá, sung by Makuya, the local *behike*, accompanied by three drummers and half a dozen flute players. Anani liked Makuya immediately, for he reminded her of Arokael.

That song was followed by another, sung by Bohechío´s daughters and sisters, this one about multi-colored fishes, with the girls swaying gracefully to and fro as if they were swimming below the sea. Then a group of hunters came out and sang about their latest success at killing a large *manatí* and offering the sweet red meat to Bohechío.

Bamo and his men then got up and told how they had captured many *makutos* full of water fowl using the *higüera* trick—their mimicry through song and dance soon had everyone laughing uproariously. They were followed by a song about young lovers that everyone in Xaraguá appeared to know by heart, and several dozen young couples linked arms in a large circle to dance to it, including Kayabó and Yajima.

A couple of songs later, there was one about the creation of humans from bats on the night that Marokael left his post in front of the Kacibajagua Cave to go fishing with some friends, and neglected to call the pre-human spirits back into the cave before *güey* arose, which turned them into humans. Anani knew that one well, so she joined in both the singing and the dancing.

A little later, she saw Kayabó and Yajima leave together holding hands, walking in the direction of the *konukos*. Jealous, even though she knew she should not be—Kayabó was her brother!—she sought out the *behike* and went to sit beside him. As she had known they would, they became immediate friends, despite the vast difference in their ages.

A little later, Anakaona came to find her and asked if she were ready for sleep. Anani said she was. Saying *"taino karaya"* (good night)" with a smile to Makuya, she allowed Anakaona to take her hand and lead her to their *bohío*.

It took five days for the trade to be completed, five days during which Anani learned many new healing techniques from Makuya, and learned about the region's art from Anakaona, who took her to see the famous wood-carving workshops of Xaraguá that were all run by women. Anani met most of the artists and found out that Anakaona herself, despite being only 15 years old, was already an accomplished poet and artist. She was especially adept at carving the dark wooden bowls of Xaraguá that were so much in demand as trade items.

Anani even came to appreciate Yajima, who was never more than a shadow's length away from her brother in all that time. Slowly but surely, Yajima overcame Anani's jealousy by treating her with loving care and respect, the same as she treated Kayabó. The four of them—Kayabó, Yajima, Anakaona, and Anani—went swimming together every day in a nearby charco (natural swimming hole) and ate all their meals together.

On their sixth day in Xaraguá, Bamo sought out Kayabó and Anani while they were in the charco, bathing with Yajima and Anakaona. He joined the children, playing like a child himself in the cool, refreshing waters. While they were sunning on a warm rock, the three girls taking turns combing each

other´s hair with Anakaona´s shell comb, Bamo looked over at Kayabó and asked, "Are you ready to continue the adventure?"

"What?" he asked, sitting up to look his father in the eyes.

"We are leaving at dawn, ready to continue on to the Land of the Maya."

"I... I," stuttered Kayabó, looking over at Yajima with haunted eyes, then turning back to Bamo. *"Jan-jan, Baba* (Father)," he said, but with less enthusiasm than normal.

The next morning, before dawn, Kayabó was up before all the others—again. He went out to the beach and walked into the sea until he was hip deep, with waves washing up to his shoulders. "Arokael!" he called, cupping his hands around his mouth. "Arokael, can you hear me?" But there was no smiling sea turtle to counsel him, no one to console him. Hearing his name, he turned toward the shore.

Anani came swimming out to him, grabbing his arm to keep the waves from washing her away. "I knew I would find you here by the sea," she said. "I dreamed of Arokael. He told me that he is smiling and that you should be, too. He said that the woman-girl Yajima will be here in Xaraguá waiting for you when you return from Maya Land, and she is to be your wife.... I will be here waiting for your return as well."

"You are not coming with us, Anani?" he asked, the concern showing plainly on his face.

"No, my dear brother. I cannot. Both Arokael and Atabeyra have told me that I must stay here in Xaraguá to learn more about artisanry and healing techniques. So you must tell me all about your Mayan adventure upon your return..... I am certain that I will have my own tale to tell."

—THE END—

Lynne Guitar, Ph.D.

Glossary & pronunciation guide for English speakers, *Voyage to Xaraguá*

aón (ah-ówn)—The yellow, medium-sized dogs that accompanied the Taínos' ancestors in their *kanoas* along the chain of Caribbean islands from the region of the Amazon and Orinoco rivers were called *aón*. Their descendants are still found across the entire island of Hispaniola today, mixed with other breeds of dogs. The Spaniards wrote that the *aón* were mute—that they could not bark—but archaeologists have found no physical reason for this. It is more likely that since they were puppies, Taínos taught *aón* not to bark, like other dogs of Natives across the Americas. Thus they do not frighten the prey of the hunters nor indicate to their enemies where their people live.

areíto (ah-ray-eé-toe)—To celebrate the birth of a baby, a wedding, a good harvest, an important visitor, other special events, or just for fun, Taínos held a song-and-dance festival called an *areíto*, where they sang their histories, dancing together arm-in-arm in the *batey*, which was like a community plaza in front of the *kacike's kaney* (chief's house). The musicians kept the beat by playing *mayohuacanes* (drums carved from hollow tree trunks), *güiras* ("scraper" instruments made out hollow gourds),

39

marakas (rattles), flutes, whistles, and a variety of rhythm instruments made from shells, nuts, seeds, and other natural objects.

baba (báh-bah)—"Baba" is the Taíno word for "father." For us, "father" is normally the man who creates us together with our mother. Taínos, however, usually had multiple "fathers" who lived with them, raised them, trained them, and took care of them. These "fathers" were their mothers' brothers, whom we could call "uncles." The women's husbands lived with their own mothers and sisters, and acted as fathers to their sisters' children

behike/behika (bay-eé-kay/bay-eé-kah)—Like the sun and the moon, Taínos had two equally important leaders, *behikes/behikas* (males/females) and *kacikes/kacikas* (males/females). The *behike* or *behika* was the religious leader, healer, teacher, principal artist, and umpire for the very important ball game called *batey*, which was a religious rite as well as a sport, and also served as the Taínos' court of law. The *behike* or *behika* conducted many of his or her religious rituals, however, inside sacred caves, which were seen as portals where representatives from the physical world of human beings and from the divine world of the spirits could come together and negotiate agreements for their mutual benefit; that was considered to be a complicated and dangerous responsibility for the *behike* or *behika*.

bija (beé-hah)—Deep red seeds that have been used since ancient times by Indigenous peoples of Northern South America, Central America, and the Caribbean, and whose names include bija/bixa, annatto/onato, achiote, and urucú; their scientific name is Bixa orellana. Bija is used as a coloring and condiment for food even today, especially for native dishes and cheeses, as well as to color the skin for both religious ceremonies and to keep away mosquitos. Its use on the skin probably gave rise to calling Indigenous peoples "redskins." Medicinally, the seeds, leaves, and roots provide cures for headaches, diarrhea, abscesses, and all kinds of infections of the skin, throat, and organs.

bohío (boh-eé-oh)—This was the common kind of Taíno house. It was round with a small entry door and a tall wooden pole in the center. There were side poles, woven walls of green sticks or grasses, and a cone-shaped roof. Inside there were "tapestries" woven of natural grasses of many colors, hollow *higüeras* (gourds) to hold household items, and *hamakas* (hammocks) to sleep in at night. In the cooler months and high in the mountains, a fire in a round stone fireplace kept everyone warm while the smoke went out the central hole in the roof.

bukán (buu-khán)—A green-stick rack for smoking meats, it gave rise to the term "buccaneers," the pirates who raided the islands for the beef cattle that had gone wild and abundant on the Caribbean islands because they had no natural enemies. The buccaneers smoked the beef on Indigenous *bukanes* to feed themselves aboard ship.

ceiba (say-eé-bah)—This huge tree (also called "kapok") was very useful to the Indigenous peoples of the Americas. It provided the fiber that they wove into beautiful cotton cloth, and its very tall, straight trunk with few branches could be made into the large *piraguas* (large dugout boats) that were used for long-distance trading, some of which could hold 100 rowers plus trade goods and supplies. Some of the largest *ceiba* trees were considered to be sacred.

cemí (say-meé)—This is a difficult word to define because the same word *cemí* refers to the spirit or essence of a deceased person; the spirit or essence of one of the founding figures of the Taíno world, who are what we would call mythical figures; the spirits of nature, like hurricanes and the sea; and the physical objects and symbols that represent them in paintings, tattoos, stone carvings, woven baskets, and all sorts of sculptures, etc. Note that, just as Christians do not worship the cross or crucifix, but what the cross and crucifix represent, just so Taínos did not worship the symbols or sculptures of their *cemís*, but the spirits that they represented.

fotuto (foh-tuú-toe)—A conch-shell trumpet. Also called *guamo*.

guanín (gwah-neén)—A mixture of gold, silver, and copper, *guanín* was a kind of bronze that was smelted and used by the Maya Indians and coveted by Taínos, who did not know how to smelt metal. Indigenous peoples valued *guanín* more than pure gold because it shone more like the color of the sun than pure gold, which the Spaniards never understood.

¡guay! (gwhy)—The Spanish chroniclers wrote that this was the most common Taíno exclamation of surprise or excitement.

güey (gway)—Taíno word for the "sun."

hamaka (ahh-máh-kah)—This Taíno word passed directly into Spanish and passed into English as "hammock."

higüera (ee-gwhére-ah)—The Taíno word for "gourd."

jan-jan (hahn-háhn)—The Taíno word for "yes."

Kacibajagua (kah-see-bah-há-gwa)—The name of the cave from which Taíno stories say all human life in the islands came.

kacikazgo (kah-see-káhz-go)—The range of a *kacike*'s political power, his "chiefdom."

kacike (kah-seé-kay)—Like the sun and the moon, Taínos had two equally important leaders, *behikes/behikas* (male/female) and *kacikes/kacikas* (male/female). The closest English equivalent to *kacike* is "chief." The *kacikes* decided when to plant, when to hunt or fish, when to harvest, and how to divide the crops among their people. They lived in a special rectangular house with a roofed porch, a *kaney*, with their wives (up to 30!) and children. Their *kaney* faced the main plaza. The *bohíos* (round homes) of the other residents were built around them—the families most closely related to the *kacike* built their *bohíos* around his *kaney*, while the *bohíos* of those who were not related to them were further away. *Kacikes* had special kinds of foods reserved for them, wore elaborate clothing for ceremonial events, and were buried with precious objects to take with them to *Koaibay*, the Taíno heaven.

kaney (kah-náy)—Often defined as a *kacike's* "palace," it was a large rectangular wooden structure with a covered terrace on one side to house his *cemís* and where special ceremonies were held. The *kacike*, all his wives, and their children lived in the *kaney*.

kanoa (kah-nó-ah)—This word passed directly into Spanish, and into English as "canoe." Taínos made them from the trunk of one single tree, usually the *ceiba* tree. Incredible navigators, Taínos traded commercial items throughout the Caribbean as well as along the Caribbean Coast of Central America and northern South America.

karey (kah-ráy)—The Taíno word for the "green sea turtle."

kasabe (kah-sáh-bay)—Taíno "bread," *kasabe* is more like what we call a cracker, for it is crispy. It is made of grated bitter *yuka*, which is poisonous unless all the *veicoisi* (liquid) is squeezed out before cooking it. Taínos' children made a game of squeezing out the *veicoisi*, using a *cibukán*. Like a giant-sized Chinese finger puzzle, the *cibukán* was packed with grated *yuka*, the upper loop placed over a high stub of a tree branch, and a thick branch placed through the lower loop, with a clay pot underneath. Sitting on that lower branch, the children jumped up and down on it, which squeezed out the liquid. *Kasabe* contains lots of calories, calcium, and vitamin C, although little protein, for it is principally a carbohydrate. Once cooked, *kasabe* can be stored for more than a year without going stale, moldy, or attracting fungi, worms, or other insects.

konuko (koh-néw-koh)—These Taíno gardens were different from the slash-and-burn gardens of most Indigenous peoples of South America. They were a series of knee-high mounds of dirt about 6 feet in diameter, where all crops were planted together: *yuka*, plus other tuberous vegetables, which provided climbing poles for the beans, plus *ajíes* (hot peppers), peanuts, and a kind of squash or pumpkin called *auyama*—the large, low-growing leaves of the *auyama* helped keep weeds from growing. Most importantly, the mounded loose dirt helped keep the plants' roots from rotting. In dry regions, Taínos built irrigation canals to water their *konukos*. Note that Taínos also grew corn, but not in the *konuko*. They grew corn principally along the nearby river banks.

makuto (mah-kuú-toe)—A rectangular, woven carrying basket that is still used across the island today, often in pairs to put over a donkey or horse's back, or over a motorcycle's rear fender.

manatí (mahn-ah-teé)—The Taíno word for this docile "sea cow" has passed almost unchanged into both Spanish and English. Unfortunately, Spaniards killed and ate many of the manatees of the Greater Antilles, for it is said their flesh tastes like veal, and the Pope agreed that, since it was a sea creature, it could be eaten even during Lent. Today, boat propellers, contamination, and the destruction of the mangrove lagoons where they live has left fewer than 250 alive in the wilds of Hispaniola.

manaya (mah-nígh-yah)—Taíno word for "ax" or "hatchet."

mayaba ayai (mý-yah báh ah-jháh-eye)—Means something like, "To the westernmost Maya land!"

piragua (peer-áh-gwah)—Similar to a canoe but much larger and generally used for long-distance exchanges of trade goods. Some were big enough to hold 100 rowers plus trade goods!

rahú (rah-uú)—The Taíno word for "child" or "children."

taikaraya (tie-ee-kah-ryé-yah)—Literally "good moon," this is how you say "good evening" or "good night" in Taíno.

taíno ti (tie-eé-no-tee)—A modern way of saying, "May the Great Spirit be with you" by those specialists who are attempting to reconstruct the Taíno language.

tiburón (tee-burr-ówn)—The Taíno word for "shark." It has passed directly into Spanish with no changes.

yukayeke (you-kah-yéa-kay)—Based on the word "yuka," which was the Taínos' principal carbohydrate, this is their word for a residential area (like our words town, village, or city), some of which held more than 10,000 people.

SAMPLE FROM THE FOURTH BOOK:

Arrival of the *Akani* (Enemy)
Taíno Ni Rahú Series, Book 4 of 10

Historical Background

The two main characters in the series are the Taínos (pronounced tie-eé-nose) Kayabó and Anani, a brother and sister. Kayabó is 14 and Anani 12 ½ when this part of the story takes place, for it begins in April and ends six months later, in early October 1490. They come from Kaleta (*Kah-láy-tah*), a fishing village on the Caribbean Coast, just east of today´s Santo Domingo, where the town of La Caleta still stands. This story, however, takes place west of the Dominican Republic, at what today is Port-au-Prince, Capital of the Republic of Haiti, which was once known as Xaraguá (*Hahr-ah-gwuá*), the largest and most culturally advanced of the Taíno *kazikazgos* (chiefdoms) on the island. Anani stays here with the young Anakaona while Kayabó and many other male members of her family make a trading voyage to the Land of the Maya, in today´s Yucatan Peninsula, to trade for *guanín*, for Taínos did not smelt metal.

49

Taínos had a peaceful relationship with the Maya, but not with the fierce Karibe people of the Lesser Antilles.

Arrival of the *Akani* (Enemy)
Lynne Guitar, Ph.D.

Anani had been in Xaraguá now for only four moons, but already knew her way around both the *yukayeke* (residential area) and surrounding territory. She shares a large *bohío* (home) with Kacike (Chief) Bohechío's sisters and their children, but the person she spends the most time with is Makuya, the elderly *behike* (shaman/healer/co-leader) of Xaraguá. While much older than she is, she counts him among her best friends here. He is like her own grandfather, Arokael, the former *behike* of Kaleta, who died two years ago. Her other two friends are nearer her own age: Anakaona, one of the *kacike's* sisters, and Yajima, the young woman from Xaraguá who loves her brother.

Although Xaraguá, which was the largest *kacikazgo* (chiefdom) on the island, has many more inhabitants than her small fishing village of Kaleta, Anani often felt alone. She had no family here and was, after all, not even 12 years old—although she soon would be—and was already a *behika* (female healer/leader), so most of the people of Xaraguá do not know how to treat her. A medium-sized yellow *aón* (dog) that she named Birán had become her constant companion. She named him in honor of Opiyelguabirán, the Taíno part-man-and-part-*aón* spirit guide that guarded the entryway to *Koaibey*, the afterworld. Together she and Birán explored all around the *yukayeke*, gathering healing leaves, bark, roots, and herbs in the nearby forests and along the banks of the rivers.

Anani especially misses her brother Kayabó. He was on a trading voyage to the Land of the Maya, who lived far away to the west. Occasionally she had dreams in which Arokael, her deceased grandfather and the former *behike* of Kaleta, told her that Kayabó and the rest of her family on the trading trip were healthy and happy. And Anani knew that her own personal spirit guide, Atabeyra, would inform her if Kayabó were in any kind of trouble, just as she had done in the past.

"Birán! Where did you go?" Anani called out. They were deep in the forest, nearly at the top of the ridge of mountains that were the backdrop to the main residential area of Xaraguá.

The *aón* came running out from behind a thick grouping of bushes, all excited. He nudged Anani´s thigh with his head, then turned around and ran back behind the bushes again… then came back to nudge her again and to lead her behind the bushes.

"Aiyee!" she exclaimed, following Birán through the short, narrow opening of a cave that was well hidden among the trees. She had to crouch down to get through, but once she´d gone in a little way, she could stand up straight. She listened while her eyes began to adjust to the dim interior, but the only sounds within the cave were her own breathing and Birán´s. Now she saw, almost directly in front of her, a stalactite with the distinctive face of Marokael carved into it, looking toward the cave opening. He was the protector of sacred caves, warning that anyone who was not a *behike* or *behika* should go no further.

Anani stepped back outside to find a sturdy green stick, a large double handful of dried moss, small dry sticks, and thick green vines with which she quickly and skillfully made a torch.

Entering the cave again, she made sparks by hitting her firestone against a nearby rock to light the torch and look around. The cave consisted of a large main entrance, with two very large chambers off to the right. Both of those two had a multitude of columns, stalactites, and stalagmites, but no pictographs. The entrance chamber, however, had many smooth walls that were nearly filled with delightful pictographs. Birán let out a quiet bark, which was quite unusual, since *aón* were taught from the time they were born not to bark—barking could frighten off prey while hunting or it could lead the fierce *Karibe* people to her people's *yukayekes*.

Birán was looking up, so Anani looked up, too. There, directly above her head, was the largest pictograph she had ever seen—a perfectly painted outline of an *aón* that was longer than she was tall! Beside it was another huge pictograph, this one of a large, long-legged bird, a *babiyaya* (flamingo) like those she had seen when Makuya took her to visit the large, shallow lake filled with salt water that was a four-day walk from Xaraguá. Makuya told her that the incredibly pink birds were that color because of the tiny pink marine creatures that were its favorite food. In this painting, the *babiyaya* was flying, with its wings spread wide apart, its neck stretched out long in front, and its legs stretched out straight behind it.

Arrival of the Akani *(Enemy)*
Available now on Amazon.com

ABOUT THE AUTHOR

Lynne Guitar went back to university as a 42-year-old sophomore at Michigan State University, graduating with dual B.A.s, one in Cultural Anthropology and one in Latin American History. She was awarded a fellowship to Vanderbilt University, where she earned her M.A. and Ph.D. in Colonial Latin American History. Several graduate-student grants enabled her to study at the various archives in Spain for half a year, and she won a year-long Fulbright Fellowship to complete her doctoral studies in the Dominican Republic in 1997-98. There she remained for an additional 18 years.

In fact, Lynne visited the Dominican Republic three times: the first time for 10 days in 1984, which is when she became fascinated by the Taíno Indians; the second time for four months in 1992 as an undergraduate study-abroad student; and the third time, as mentioned, for 19 years, including a year while completing the research and writing of her doctoral dissertation, *Cultural Genesis: Relationships among Africans, Indians, and Spaniards in rural Hispaniola, first half of the sixteenth century.* She worked at the Guácara Taína for two years, taught at a bilingual high school in Santo Domingo for five years, and in 2004 became Resident Director of CIEE, the Council on International Educational Exchange, in Santiago, where she directed study-abroad programs for U.S. American students at the premier university in the Dominican Republic (Pontificia Universidad Católica Madre y Maestra) until her retirement in December of 2015. She now resides with two of her four sisters in Crossville, Tennessee.

Lynne has written many articles and chapters for various history journals and history books, and has starred in more than a dozen documentaries about the Dominican Republic and Indigenous peoples of the Caribbean, including documentaries for the BBC, History Channel, and Discovery Channel, but her desire has always been to write historical fiction—she says you can reach far more people with historical fiction than with professional historical essays. These are her first published historical-fiction books.

Lynne Guitar, Ph.D.

Viaje a Xaraguá

Serie "Taíno *Ni Rahú*", Libro 3 de 10

Lynne Guitar, Ph.D.

Ilustraciones, Nathalie ("Tali") Saxton de Pérez

Asistencia con la traducción de inglés al español por
Hortencia Corcino, Dorka Tejada Franco
y Arq. Federico Fermín

Títulos en la Serie "Taíno Ni Rahú":

Sitio Web: lynneguitar.weebly.com
lynneguitar@yahoo.com

ISBN-13: 978-1973963196
ISBN-10: 1973963191

DEDICACIÓN

Estos libros están dedicados a mi hija Eileen Julian y a mis nietos Krishna, Jagan y Darshan Nautiyal, cuyo apetito voraz por buenos libros me motivó a escribirlos. También los dedico a mi hija Leidy Medina de Batista, a mi querido amigo Jorge Estévez y a todos los otros descendientes de los taínos, para que puedan sentirse hasta más orgullosos de ellos y de sí mismos—porque son ustedes la carne y el espíritu de la gente taína que aún viven entre nosotros.

.

"... imaginado, pero no inventado."
Joyce Carol Oats

—PRÓLOGO DE LA AUTORA—

Desde la primera vez que visité la República Dominicana en 1984, me enamoré de la historia y la cultura de los indios taínos. Sin embargo, cuando decimos "taíno" hoy, es importante saber que en realidad estamos hablando de por lo menos siete tribus y naciones indígenas diferentes, cada una con su propia lengua y costumbres, que vivían en las islas de las Antillas Mayores en 1492 cuando Cristóbal Colón las reclamó para España. El grupo más avanzado en cuanto a la agricultura, comercio, arte, religión y organización política, fue la gente de la Nación Taíno que gritaba, "¡Nitaíno! ¡Nitaíno!", al ver pasar los barcos de los españoles. "Nitaíno" es una palabra que, en su idioma, significa "familia" o "familiares", no "gente noble o buena" como han pensado los historiadores por mucho tiempo. Los españoles redujeron el término a "taíno" y lo utilizaron para todos los pueblos indígenas del Caribe, excepto para los que los taínos llamaban "caribes" (que significa "la gente feroz"), que se establecieron en las islas de las Antillas Menores. Los Caribe se llaman a sí mismos *kalinago*.

Durante cinco siglos se creyó que los taínos fueron totalmente aniquilados antes de 1550, pero nuevas investigaciones han demostrado que la llamada "desaparición de los taínos" es un mito. En 1492, sólo en la isla de La Hispaniola había probablemente 4 millones o más personas indígenas, no 200,000 como anotaron los cronistas españoles. (La Hispaniola es la isla que hoy en día es compartida por la República Dominicana y la República de Haití, la cual todavía es llamada Santo Domingo por la mayoría de los dominicanos.) Se sabe que aproximadamente de un 10% a un 20% de los pueblos indígenas de las Antillas Mayores sobrevivió a la Conquista Española, fusionando sus genes y sus culturas con las de los europeos, africanos y otros nativos para convertirse hoy en día en dominicanos, haitianos, cubanos, puertorriqueños y jamaiquinos.

Las historias sobre Kayabó, Anani y su familia son obras de ficción, pero de acuerdo a las últimas investigaciones, están basadas en la vida diaria, valores y creencias de los taínos. ¡Todavía hay mucho que aprender sobre ellos! Espero que algunos de ustedes, los lectores, se animen a continuar las investigaciones.

—*Taíno ti* (Que el Gran Espíritu esté con ustedes)
Lynne Guitar (Ph.D. en Historia de América Latina y Antropología Cultural de la Universidad Vanderbilt, EE.UU.)

Breve autobiografía de la autora: Viví en la República Dominicana como residente permanente, profesora, guía histórica-cultural, escritora, administradora de los programas de estudios en el extranjero de CIEE (Consejo de Intercambio Educativo Internacional), e investigadora independiente desde 1997 hasta enero del 2016. La Cueva Ni Rahú está en el poblado de La Piedra, al noreste de Santo Domingo, la Capital. Estoy jubilada y ahora vivo en los EE.UU. otra vez, donde espero escribir y publicar todos los libros de ficción-histórica que no pude escribir mientras estaba trabajando.

Notas lingüísticas: 1) Especialistas en Puerto Rico y los EE.UU., entre otros lugares, están tratando de reconstruir la lengua taína. Ellos han pedido que se utilice la letra "k" para representar el sonido fuerte de la letra "c" al escribir palabras como "Kacike", "yuka" y "Kiskeya", en lugar de usar la "c" como lo hicieron los españoles, para así garantizar que la pronunciación sea correcta. 2) Al referirse a la Nación Taína o al Pueblo Taíno como un grupo entero, "Los Taíno", con una "L" y "T" mayúscula y sin la "s" final, es correcto. Cuando se dice "los taínos", con minúsculas y una "s" al final, se refiere a más de un individuo en particular, pero no a todo la nación. He seguido estas prácticas en estos libros.

Lynne Guitar, Ph.D.

Antecedentes históricos y personajes, *Viaje a Xaraguá*

Los dos personajes principales de la serie son los taínos Kayabó y Anani, un hermano y hermana. Kayabó tendrá 13 años en un mes y Anani acaba de cumplir 11 años en septiembre de 1489, cuando esta parte de la historia tiene lugar. Viven en Kaleta, un pequeño pueblo de pescadores en la costa caribeña al este de lo que hoy es Santo Domingo, donde todavía se encuentra la ciudad de La Caleta. Hoy su playa es popular entre los pescadores y los niños locales, pero es prácticamente desconocida por los turistas, excepto los buceadores, especialmente ahora que el museo del sitio, que una vez protegió un cementerio taíno, está sin techo y cayendo. En la costa occidental de la isla, se encuentra Port-au-Príncipe, la capital de la República de Haití, una vez conocida como Xaraguá, que era la más grande y más culturalmente avanzado de los *kazicazgos* (jefaturas) de la isla. El Kacike de Xaraguá en 1489 se llamaba Bohechío, y una de sus hermanas (tuvo un año más que Kayabó) era Anakaona. Parte de ésta historia tiene lugar allá.

Kayabó—Su nombre significa "donde hay abundancia" en taíno.

Anani—Su nombre significa "flor de agua" en taíno.

Anakaona—Una de las hermanas de Kacike Bohechío, tiene sólo 15 años (un año más que Kayabó) cuando Kayabó y Anani llegan a Xaraguá. Se convierten en amigos de por vida. Ella se casa con Kaonabó, el Kacike de Maguana, que era la segunda más grande y más culturalmente avanzada de las regiones residenciales/políticas en la isla después de Xaraguá. Cuando llegan los españoles y mueren tanto su esposo como su hermano, se convierte en la *kacika* de ambos *kazcikazgos* (jefaturas). También conocida como "La Poetisa", hoy es la más reconocida y amada de todas las mujeres taínas que alguna vez han vivido.

Arokael—*Arokael* es la palabra taína para "abuelo". Fue el abuelo de Anani y Kayabó quien, durante muchos años, fue el *behike* (chaman/curandero) de Kaleta hasta que murió y se reencarnó en el cuerpo de un joven *karey* (tortuga marina verde). Se convertió en el principal guía espiritual de Kayabó y a veces también habla con Anani, pero generalmente en sus sueños.

Atabeyra—La madre divina del guía espiritual más poderoso de Los Taíno, Yukahú Bagua Maorokoti (que gobierna tanto la yuka como el mar). Atabeyra gobierna sobre la luna, agua dulce y la fertilidad. Es la principal guía espiritual de Anani.

Bamo—Uno de los tres (3) padres de Kayabó y Anani.

Bohechío—Kacike de Xaraguá, el *kacikazgo* (jefatura) más grande y más culturalmente avanzado de la isla. Tiene más de 30 esposas, y Anakaona es una de sus hermanas.

Guabos—El Kacike de Kaleta.

Hayatí—Uno de los tres (3) padres de Kayabó y Anani.

Kagua—Él y Úmatex son los dos curanderos que asisten a Anani.

Mabey—Un pescador de Neiba.

Majagua—Uno de los hermanos mayores de Kayabó y Anani; él protege y orienta a Kayabó.

Makuya—El *Behike* de Xaraguá, quien es como un abuelo de Anani.

Marakay—Uno de los tres (3) padres de Kayabó y Anani.

Marokayel—Desde una de las historias taínas de creación, sabemos que Marokayel fue el guardián de la cueva conocida como Kacibajagua, de la cual vino todo la población taína. Porque una mañana se le olvidó de sus deberes, se convirtió en piedra. Los *behikes* esculpen su rostro en una prominente columna de piedra, estalactita o estalagmita en las entradas de todas sus cuevas sagradas como signos de que sólo debían entrar ellos.

Nibagua—El viejo *behike* que entrenó a Arokael.

Onay—Una de las hermanas menores de Anani y Kayabo; tiene 5 años cuando empieza la serie de libros.

Úmatex—Él y Kagua son los dos curanderos que asisten a Anani.

Warishe—La más jóven de las cuatro (4) madres de Kayabó y Anani.

Yajíma—La joven de Xaraguá con quien Kayabó se enamora y se casa.

Viaje a Xaraguá

Lynne Guitar, Ph.D.

Era justo antes de la puesta del sol, y Kayabó yacía sobre la superficie de las rocas que sobresalían hacia el mar desde la playa de Kaleta. Este se había convertido en su lugar favorito, debido a que en las horas de oscuridad, el joven *karey* (tortuga verde) que en una vida anterior había sido su abuelo, Arokael, a menudo venía a hablar con él. Esta tarde el mar estaba tranquilo, en calma, y la calidez del *güey* (el sol) se sentía maravillosa en la pierna izquierda de Kayabó, que había sido gravemente herida hace poco más de tres meses, pero que sanaba muy bien ahora. Todavía sentía que "halaba" donde la cicatriz en la pantorrilla desaparecía lentamente con las aplicaciones cotidianas de las hierbas medicinales que le enviaba su hermana Anani. Con tan sólo 11 años de edad, ella había sido nombrada recientemente la nueva *behika* de Kaleta, o más bien la *behika* en formación, sustituyendo a su Arokael.

"Oye, muchacho perezoso", dijo Majagua, uno de sus hermanos mayores, colocándose sigilosamente detrás de Kayabó, con uno de los *aón* (perro) de la familia caminando felizmente a su lado. "Vamos de vuelta a casa. Hayati, Bamo y Marakay (los tres padres de los chicos) han convocado a una reunión familiar". Para ayudar a levantar a Kayabó, extendió su brazo con firmeza y los dos intercambiaron un afectuoso saludo chocando suavemente sus frentes.

Los dos hermanos eran tan diferentes. Majagua, rondaba cerca de los treinta años, era de estatura mediana, hombros anchos y musculosos, con la piel cobre oscuro, mientras Kayabó, quien pronto cumpliría 14 años, ya era alto y musculoso, pero delgado, y su piel era de tono cobre claro.

Juntos, con el *aón* a su lado, caminaron, con los brazos en sus hombros, hacia su *bohío* (casa).

"Las hermanas de la familia de mi marido también tienen una buena cantidad de tela muy bien tejida que estoy segura que van a querer que nos llevemos para el intercambiar en él viaje", estaba diciendo Warishe (la más joven de las cuatro madres de los chicos) mientras Majagua y Kayabó recogieron dos esteras de paja del lado del *bohío* y en silencio se unieron al resto de los miembros mayores de la familia. Todos se sentaron en un círculo grande debajo de la sombra de un árbol de cedro enorme. Todas las madres y los padres de Kayabó estaban allí, así como sus 11 hermanos y hermanas mayores. Kayabó era el más joven en la reunión. "Y, por supuesto, mi marido también quiere participar en el viaje", continuó Warishe.

"*Taíno ti, rahú* (buenos días, hijos)", Bamo saludó a Kayabó y Majagua. "Estamos conversando sobre un viaje de caza e intercambio, y esperamos que ustedes puedan acompañarnos".

Kayabó asintió y dijo: "¡*Jan-jan!* (sí)", con entusiasmo, antes de conocer los detalles. Siempre estaba dispuesto a hacer cosas nuevas, conocer nuevos lugares y personas—siempre listo para tener nuevas aventuras.

Bamo sonrió y continuó, "Vamos a llevar la mayor cantidad de tela y pescado ahumado que nos sea posible, y esperamos poder recoger sal y muchas aves para ahumar en Neiba, la gran bahía al oeste". Y mirando a las mujeres de la familia, les dijo, "Así que, no se les olvide preparar las *higüeras*". Girando de nuevo hacia el círculo de la familia, continuó, "La tela, el pescado, las aves y la sal es lo que vamos a intercambiar en las tierras de Bohechío, el Kacike de Xaraguá, en el extremo oeste de la isla. Esperamos obtener, a cambio, la mayor cantidad posible de sus famosos envases de madera tallada.... Luego tomaremos esos envases al continente y cambiarlos con Los Maya por *guanín*".

Kayabó jadeó, porque el *guanín* era lo más precioso de todas las cosas en el mundo de los vivientes. Su superficie brillaba con un color dorado-cobrizo como *güey* mismo. Y el *guanín* sólo se encontraba en un pueblo de personas llamado Maya en una tierra muy, muy lejana, donde *güey* se fue a dormir de noche. ¡Nadie a quien él había conocido nunca había viajado tan lejos!

Hace alrededor de un año y medio, Majagua había sacado una franja de corteza de una ceiba enorme en el bosque no muy lejos de Kaleta. Es decir, le había cortado toda la corteza del árbol en un círculo con la altura de su mano alrededor de la base del árbol. Cuando le preguntaron por qué lo hizo, él simplemente se encogió de hombros y dijo que le mandaron a hacerlo en un sueño. De ese árbol, que ahora estaba casi muerto, la familia tallaría una *piragua*, un barco mucho más grande y más estable que una *kanoa*. Al completarlo, sería capaz de contener muchos remeros y una gran cantidad de alimentos, agua y artículos para intercambiar.

Ahora Kayabó y media docena de sus otros hermanos se pararon junto a ese árbol, impresionados por su gran tamaño. Requería tres de ellos tomados de mano para rodearlo. Miraron a Majagua para que les orientara como tallarlo.

"Empezaremos cortando aquí, de este lado del árbol, y debemos siempre mantener el corte de este lado más profundo", dijo Majagua. Señalando a un campo abierto, continuó, "De esa manera, cuando el árbol caiga, lo hará en esa dirección, donde no hay nada que lo estorbe". Indicó que Kayabó y dos de sus otros hermanos debían comenzar a cortar el árbol, y envió a los demás al bosque para comenzar a buscar leña.

En equipos, trabajaron así por un poco más de un mes. Un equipo se encargó de cortar el árbol mientras el otro reunía leña, y al paso de un par de horas, cambiaban de labor, mientras que los dos chicos más jóvenes pasaban todo el día afilando las hachas de piedra. Pero cuando el árbol era casi totalmente cortado, Majagua les dijo que tomaran un descanso. "En dos días más", dijo, "*karaya* (la luna) estará un poco más que llena, y al amanecer, la marea estará a medio punto entre sus niveles más altos y más bajos. Es entonces cuando hay que cortar el árbol para que las carcomas no se coman nuestra *piragua*".

Kayabó pronto se dio cuenta que la próxima fase de la obra, el recorte de las ramas y la corteza, dar forma a los extremos delantero y posterior del tronco, la quema de la parte central, y luego raspar la madera carbonizada, era aún más difícil de lo que había sido la tumba del árbol. Sus brazos y la espalda todavía le dolían por tanto uso de la *manaya* (hacha) cortando el árbol y ahora para usarla como una herramienta de raspado. El único descanso que tenían en todo el día, aparte de la hora de comer, era cuando Kayabó y sus hermanos iban a bañarse en el río varias veces al día. Era necesario bañarse con frecuencia no sólo para refrescarse, porque estaba tan caluroso por el fuego, sino también para limpiar el hollín negro de sus caras, manos y cuerpos.

No eran los únicos que trabajaban duro para las preparaciones del viaje de comercio. Todos en la familia lo hacían. Mientras que los hermanos mayores trabajaban en la *piragua*, sus padres llevaban a sus hermanos más jóvenes a pescar, sus madres y hermanas estaban tejiendo y reuniendo tela aportada por todos sus familiares y construyendo *bukanes* (ahumadores) de palos verdes a lo largo de la playa, ahumando el pescado, envolviéndolo en hojas de palma, y preparando una gran cantidad de *kasabe* para el largo viaje.

Algunas de las chicas más jóvenes fueron enviadas a recoger *higüeras*. Pequeña Onay voluntariamente ofreció hacer la tarea especial de tallar una *higüera* para la cabeza de Kayabó, ya que no estaba casado y no tenía esposa para hacerla. Reía una madrugada mientras sostenía el ahuecado rostro de Kayabó en la gran *higüera* para marcar con un palo afilado los lugares donde iba a tallar cuidadosamente los agujeros para sus ojos y su boca.

"Cuidado, Onay", dijo Kayabó, burlándose de ella. "¡No quiero que te saques un ojo con ese palo"! Mientras reían juntos, oyeron un sonido de graznido desde lejos. Kayabó levantó su mano sobre sus ojos para protegerse del sol naciente y miró hacia el sur. Vieron cómo *güey* oscureció debido a una espesa bandada de aves volando hacia el norte. Había tantas aves y su graznido era tan alto que Kayabó tuvo que gritar muy fuerte cuando le dijo a Onay, "¡Un día, pronto, voy a usar tu *higüera* para cazar algunas de esas aves"!

Por fin, la gran *piragua* estaba lista para la última etapa—arrastrándola a la playa, la pulieron con arena húmeda durante días hasta que tanto el interior como el exterior del bote de madera estaban suaves al tacto, frotando el exterior con grasa de animales mezclados con el polvo de color rojo llamado *bija*, y luego poniéndola al mar.

El día de la puesta en marcha de la *piragua,* Kayabó fue la primera persona en la playa. Se despertó mucho antes del amanecer, a pesar de que se había quedado hasta tarde ayudando a cargar la *piragua* con todos los suministros y mercaderías necesarias. Caminó hasta el final de las rocas para hablar con Arokael en su reencarnación como una tortuga verde de mar, quizás por última vez en mucho tiempo. Sin embargo, interrumpieron su conversación cuando su abuelo le dijo que Anani estaba llegando. Kayabó se despidió de Arokael y corrió de vuelta a la playa para saludar a su hermana.

Anani había vivido en reclusión durante meses en el *bohío* que antes pertenecía a Arokael, donde trabajaba todos los días con los aprendices de su abuelo, Kagua y Umatex, para formarse en lo que habían aprendido del *behike* fallecido. Fuera de Kagua y Umatex, la única persona que la había visto en todo ese tiempo era su madre Naneke, que llevaba alimentos para Anani todos los días y traía las hierbas medicinales a Kayabó.

Anani ahora llevaba una capa de algodón teñido un negro oscuro hasta las rodillas, y en las partes superiores y musculares de sus brazos y en sus pantorrillas, unas tiras de algodón blanco, pintadas en negro con la silueta de un murciélago. También llevaba un hermoso collar que brillaba a la luz del sol naciente y que casi cubría su pecho. Fue tallado en forma de un murciélago con las alas extendidas y elaborado del interior perlado de una gran concha de lambí.

Ella y Kayabó intercambiaron un cálido saludo, chocando sus frentes, pues su relación se había estrechado de manera especial desde hacía más de un año, cuando salvaron al pueblo de una sequía al redescubrir las piscinas de agua dulce ocultas en lo que ahora se llama la Cueva Ni Rahú (Cueva de los Niños del Agua).

"Te ves casi adulta, queridísima hermana", le dijo, mirándola de cerca para distinguirla mejor. "¿Y de dónde sacaste ese hermoso collar de murciélago"?

Ella levantó su mano derecha para acariciar el collar, mientras respondía: "Fue un regalo de nuestro Arokael. Tú puedes hablar con él en su forma actual como una tortuga verde del mar. Yo no puedo, pero desde que fui nombrada para ser la nueva *behika* y me mudé a su *bohío*, se me ha aparecido en sueños. No todas las noches, pero varias veces a la semana".

"¿De qué hablan ustedes dos en esos sueños"?, preguntó Kayabó, manteniéndola cerca.

"Sobre todo hablamos de los errores en lo que Kagua y Umatex están intentando enseñarme", respondió ella, riendo y mirando en la dirección de ellos. "Pero parece que él sabía de antemano, a pesar de mi joven edad, que yo sería nombrada para reemplazarlo. Y una noche de la semana pasada, Arokael me dijo que estaba aprendiendo tan rápido que me merecía una recompensa. Me dijo dónde había escondido este collar, que fue un regalo para él de Nibagua, el *behike* que lo entrenó".

En ese momento, todos sus hermanos y hermanas más jóvenes se amontonaban a su alrededor, pidiendo ser cargados y acurrucados. "¡Anani, Anani"!, gritaban, pues habían echado de menos a su hermana. Detrás de ellos venían sus madres, padres y otros hermanos y hermanas, riendo y charlando alegremente en anticipación a la ceremonia de esa mañana y el *areíto* (fiesta de canto y baile) esa noche, cuando todos del *yukayeke* orarían

por el bienestar de los que irían de viaje a la Tierra de los Maya. Kacike Guabos llegó, vestido con su capa blanca ceremonial y su corona, ambas bordadas con hilo de oro y plumas de colores brillantes, su cinturón dorado y collar de dientes de perro tallados individualmente, y seguido de muchas otras personas de Kaleta. Rodearon la familia de Kayabó y la nueva

79

piragua roja, cuya proa estaba en el agua, pero el resto aún en la arena.

Kacike Guabos y Anani entraron hasta sus rodillas al agua cerca de la proa y se volvieron al unísono hacia *güey*, levantando sus brazos en alto, mientras los rayos del sol se acercaron a ellos. Detrás de ellos, Kagua y Umatex elevaron sus envases de piedra con incienso y tabaco hacia el cielo, el espeso humo negro elevándose en el aire como las oraciones de sus líderes. Girando hacia el este, norte, oeste, y finalmente hacia el sur, todos saludaban a la mañana, rezando en voz cantarina a los *cemís* (guías espirituales) de todas las direcciones para cuidar y proteger a los viajeros.

Mientras el sonido de los *fotutos* (trompetas de concha) llenaba el aire, Kayabó, Majagua, su padre Bamo, el viejo comerciante Akobo, y el resto de los chicos mayores y los hombres de la familia que iban al viaje, saltaron a bordo y tomaron los remos. Hayatí y Marakay, sus otros dos padres, junto con sus hermanos menores y todos los espectadores que estaban más cerca de la embarcación, unieron sus fuerzas para empujar la *piragua* al cálido abrazo del mar. De repente, Anani saltó entrando también a la *piragua*, gritando hacia el sorprendido Kacike Guabos, "Tanto Atabeyra como Arokael me han mandado a ir con ellos". Todo el mundo en la costa comenzó a gritar, "¡*Ayai maya ba*!, ¡*Ayai maya ba*"! ("¡Para la tierra más occidental de los Maya"!), mientras los remeros guiaban la muy cargada *piragua* hacia el Oeste.

Caía la tarde cuando Akobo gritó que debían desembarcar. "La más grande de las lagunas de agua dulce está más allá de la montaña, una fuerte caminata de un día", les dijo, dejando a un lado su remo para frotar su hombro izquierdo. Kayabó se alegró de que Akobo se hubiera unido a la familia en este viaje. Su padre Bamo se había acordado que el viejo comerciante del mar conocía estas aguas mejor que nadie, y le ayudó a la familia mucho cuando Kayabó estuvo herido y la canoa familiar dañada hacía varios meses. Así que Bamo le invitó a Akobo, a pesar de no ser miembro de la familia.

Era un atardecer agradable, sin ninguna señal de lluvia, por lo que después de caminar un poco o nadar para quitar la sensación de hacinamiento por haber pasado todo el día a bordo de la *piragua*, todo el mundo se acostó en esteras tejidas en la parte alta de la playa rocosa. Después de comer un poco de pescado ahumado y *kasabe*, se prepararon para dormir.

Kayabó había ofrecido tomar la primera guardia, por lo que Anani vino a sentarse a su lado.

"¿Por qué vas a una laguna mañana"?, le preguntó Anani.

"Para capturar una gran cantidad de aves acuáticas que están de migración", le respondió Kayabó. "Ellos descansan y comen en lagunas de agua dulce como aquella, y podemos cazar cientos a la vez engañándolas con las *higüeras*. Como sabes, Xaraguá tiene una población mucho más grande de la de Kaleta, así que esperamos que estén dispuestos a negociar algunos de sus envases de madera tallada por el pescado ahumado de Kaleta y aves ahumadas de aquí, junto con algo de la tela que llevamos".

"Voy a ir con ustedes a la laguna", dijo Anani. "He escuchado sobre el uso de *higüeras* para cazar aves acuáticas, pero nunca lo he visto. Y hay algunas plantas medicinales que sólo crecen cerca de agua dulce, por lo que será una buena oportunidad para buscar y recoger algunas".

Observaron el movimiento de las olas y hablaron por intervalos hasta que llegó la hora de despertar al marido de Warishe para tomar su turno como guardia de la noche.

Fue un largo camino a la laguna. Se despertaron antes del amanecer, dejando a dos hombres detrás de guardia, y caminaron cuesta arriba, cruzando la montaña y abriéndose paso entre los manglares sin detenerse a descansar. Todo el día, las bandadas de aves sobrevolaban la zona, algunas tan espesas que bloqueaban la luz del sol, haciéndoles el camino a la laguna menos difícil. Llevaban sólo agua para tomar, un poco de pescado ahumado y *kasabe*, los *makutos* (canastas rectangulares y flexibles) llenos de *higüeras*, y esterillas para dormir, por lo que avanzaron bastante, pero, aun así, no llegaron hasta casi el anochecer.

Antes del amanecer de la mañana siguiente, Kayabó y el resto de los hombres recogieron sus *makutos* y con cuidado, en silencio, se dirigieron a la orilla de la laguna. Anani los siguió, cuidando cada paso a fin de no hacer ruido. Los primeros rayos del sol que nacía detrás de la montaña iluminaron una escena increíble: Las apacibles aguas de la laguna se habían oscurecido por las miles de aves acuáticas de diferentes tipos que nadaban tranquilamente en el suave esplendor del amanecer. Sólo se escuchaba un leve graznido de vez en cuando que rompía el silencio. Aquí y allá, las aves se sumergían para atrapar y comer un pequeño pez o una rana.

Todos en el grupo de caza se deslizaron en silencio hacia la orilla, los hombres sobre sus barrigas, se deslizaban como serpientes a través de las cañas y hierba a lo largo de la orilla de la laguna.

Anani encontró un árbol grande detrás del cual pudo quedarse en pie y mirar mientras ocurría la caza.

A la señal de Bamo—un penetrante silbido de ave—todos los cazadores se levantaron y arrojaron las *higüeras* de sus *makutos* tan lejos como pudieron en el agua, y luego se dejaron caer a esconderse en la hierba de nuevo. Inmediatamente, miles de las aves en reposo subieron, llenando el aire con su aleteo y chillidos frenéticos mientras las *higüeras* se mecían en las suaves olas de la laguna. Varios minutos después, algunas de las aves, al parecer darse cuenta de que las *higüeras* eran inofensivas, comenzaron a establecerse de nuevo en el agua. Pronto todas estaban de vuelta, nadando entre las *higüeras* flotantes una vez más. Unas se sumergían para encontrar pequeños peces y ranas para comer, fortaleciéndose para el vuelo del día.

Fue entonces cuando los cazadores pusieron sus *higüeras* especiales sobre sus cabezas y se deslizaron silenciosamente al agua, llevando sus *makutos* ahora vacíos. Anani observó cómo los cazadores, invisibles bajo el agua, movían las *higüeras* que cubrían sus cabezas lentamente de un lado a otro, imitando el movimiento de meneo de las *higüeras* flotantes, mientras nadaban entre las aves. Una tras una, ella observaba como las aves cerca de los cazadores se sumergían… pero no volvían a subir. Los cazadores halaban las aves por las patas y llenaban sus *makutos* con ellas. Las aves capturadas se ahogaban en silencio, incapaces de advertir del peligro a las demás, que nadaban tranquilamente en la superficie.

No pasó mucho tiempo cuando, después de otro silbido penetrante de Bamo, todos los cazadores habían llenado sus *makutos* con aves y salieron del agua, riendo y hablando con entusiasmo sobre su éxito. Esto causó otra ola de pánico entre las aves que quedaban descansando en la laguna.

El equipo de caza volvió a la playa justo a la puesta del sol. Después de un baño, encendieron una fogata y a la luz del fuego, asaron algunas de las aves mientras fabricaban varias docenas de *bukanes* para poder ahumar el resto al día siguiente. Todos durmieron bien esa noche, sus vientres llenos de aves asadas.

A la mañana siguiente, unos visitantes llegaron en pequeñas *kanoas*—pescadores de la zona norte de la bahía. Bamo les ofreció un desayuno de aves asadas y *kasabe*, el que aceptaron con gratitud. Después, un par de ellos ofrecieron llevar unos hombres de Bamo a la montaña de sal. Mientras Anani estaba recolectando hierbas medicinales al pie de la montaña, Majagua y Kayabó fueron con dos de los extranjeros, dejando al resto de la familia ahumando y empacando las aves que habían capturado el día anterior.

"¡*Guay*"!, exclamó Kayabó, mientras ayudaba a Majagua y los dos pescadores a aterrizar la *kanoa* una hora más tarde. "¡No hay nada verde aquí"!

De hecho, la costa rocosa condujo hasta una montaña tan rocosa y árida como la orilla.

"Desde aquí caminando durante un día, tal vez más, es así de rocosa", dijo uno de los pescadores, cuyo nombre era Mabey. "Pero los que vivimos cerca no tenemos que evaporar el agua de mar para obtener la sal", continuó. "En esta región desolada, uno puede recogerla en forma de piedras preciosas. ¡Cómo esta"!, les dijo, agachándose y recogiendo un cristal más grande que su mano, la cual pasó a Kayabó. "Creo que toda la fuerza de la tierra aquí se emplea en la fabricación de estas piedras", les dijo, "y no deja suficiente fuerza al suelo para cultivar las plantas".

Kayabó volvió el cristal a una dirección y otra. Brillaba con los rayos del sol.

"Pruébalo con tu lengua", dijo Mabey.

"¡*Guay*"!, Kayabó dijo de nuevo, haciendo una mueca. "Inténtalo tú, Majagua", le dijo, entregándosela a su hermano. Volviéndose hacia Mabey, dijo, "Quizás la sal en tanta cantidad envenena el suelo y hace que sea incapaz de cultivar las plantas".

Majagua también puso su lengua para saborear la roca de sal e hizo una mueca. "Sabe mal por sí sola", dijo, "pero va a ser valiosa como un artículo comercial. En pequeñas cantidades, hacen que la comida saborea mejor. Y las piedras no ocupan mucho espacio. Entiendo por qué Bamo quería que la buscáramos".

Se recolectaron cuatro *makutos* llenos de las hermosas piedras de cristal para llevar donde estaba acampada la familia de Bamo. Mientras se acercaban al campamento, Mabey volvió a Majagua y le dijo: "Ten cuidado de que las rocas de sal no se mojen. Si lo hacen, desaparecen".

Kayabó pensó que era extraño. ¿Una piedra que desaparece si se moja?

Dos días más tarde, la *piragua* circuló un afloramiento de piedra y entró en la bahía de Xaraguá, el *yukayeke* (zona residencial) más grande de todos de los *kacikazgos* de la isla, con la excepción de lo de Higüey, muy lejos al este.

Kayabó estaba sentado cerca de su hermana en la popa de la *piragua*, tomando un descanso de los remos. "¿Alguna vez has visto a tantos *bohíos* en toda tu vida"?, le preguntó, con la boca abierta, impresionado. Había tantos *bohíos* que llenaban el valle, se derramaban hacia la orilla, y escalaban hasta la montaña que era el telón de fondo del valle. Las grandes extensiones de verde en el norte deben ser los *konukos*, pensó. "Y mira el tamaño del *kaney* (el 'palacio' del *kacike*)", le dijo Kayabó, señalando al centro del *yukayeke* con su mano. El *kaney* era rectangular y enorme, con una amplia veranda techada, que corría por uno de sus lados largos. ¡Y en lugar de un *batey* (plaza central) en frente del *kaney*, había tres! No pudo contar el número de *kanoas* que reposaban a orillas de la playa, junto a cinco *piraguas*, tres de las cuales eran mucho más grandes que la de su familia.

Cuando se acercaron a la playa, cerca de donde descansaban las otras *piraguas*, llegaron a saludarlos con, "*Taíno tí*"!, lo que parecían ser cientos de personas—¡más que todos los residentes de Kaleta! El grito de saludo resonó a través del agua, y uno por uno todos se sentaron con las piernas cruzadas sobre la arena, a excepción de una docena de hombres que les ayudaron a Kayabó y su familia a llevar su *piragua* a la tierra.... entonces también ellos se sentaran en la arena, con las piernas cruzadas.

Akobo, que había estado de visita varias veces antes, se acercó a uno de los hombres sentados que habían ayudado a aterrizar el barco. Se arrodilló en la arena frente a él y puso su frente contra la frente del hombre sentado, como un saludo para el hombre y para su *cemí* (guía espiritual). Entonces ambos se pusieron de pie y asintieron con la cabeza, sonriendo el uno al otro. Akobo luego se arrodilló frente a otro de los hombres que les habían ayudado para el saludo ceremonial. Rápidamente, imitándolos, el resto de la familia de Bamo se arrodilló delante de las demás personas de Xaraguá y les dieron el mismo saludo ceremonial chocando levemente sus frentes, y finalmente, todos estaban de pie y sonriendo alegremente. Los dos grupos comenzaron a hablar en voz baja entre sí, guiando a los comerciantes hacia el *kaney* del *kacike*.

De repente se oyó el dulce sonido de unas flautas, y por detrás del *kaney* llegó un grupo de 15 chicas jóvenes, la mayor entre ellas tenía quizás 14 años, todas con guirnaldas de flores alrededor de la cabeza y tobilleras de conchas que tintineaban mientras caminaban. Estaban cantando una canción encantadora sobre mariposas y 10 chicos de la misma edad les acompañaron tocando unas flautas. Mientras que los visitantes fueron guiados a pararse delante de la veranda elevada del *kaney*, los niños se subieron a la veranda y se pararon mirando al grupo que cantaba y tocaba. Terminaron la canción de mariposas e irrumpieron en otra, éste sobre un gran y sabio *kacike* y todo lo que él había hecho por su pueblo.

Mientras estaban cantando, Bohechío, el gran Kacike de Xaraguá, salió del *kaney* para pararse entre sus hijos. Su capa ceremonial larga que bajaba hasta sus tobillos era de un color blanco puro, bordada con hilos de oro y plumas de colores brillantes. También llevaba una corona en la cabeza con plumas de colores, algunas muy largas, casi de un pie de alto,

un gran *guanín* (medallón) que brillaba en el sol, marcándolo como un *kacike* de muy alto rango, y un cinturón ancho decorado con pequeñas conchas y cuentas de todos colores, cuya cara central era un tiburón de oro adornado, en representación de su fuerza e inteligencia, a pesar de ser tan joven.

Kayabó supuso que no era mucho mayor que Majagua, quizás llegando a sus 30 años.

Bohechío dio a todos la bienvenida a su *kacikazgo*. A continuación, le preguntó por el líder de la expedición comercial y llamó a Bamo a subir a la veranda con él. Hablaron durante unos pocos minutos, pero durante ese tiempo Bohechío señaló a Anani y obviamente hizo una pregunta acerca de ella, después de lo cual él la miró y sonrió. Él y Bamo intercambiaron unas cuantas palabras más, entonces Bamo bajó para reunirse con su familia.

"Mis hijas y hermanas les guiarán a un *bohío* que será suyo por el resto de su estancia", dijo Bohechío a los visitantes. "También voy a designar a cada uno de ustedes, los hombres, con una mujer soltera de Xaraguá para ser sus compañeras mientras estén aquí". Volviendo a mirar hacia abajo a Bamo, continuó. "Con su permiso, Bamo, Anani se quedará allá, con mis hermanas", y señaló a un gran *bohío* al lado de su *kaney*. Bamo asintió con la cabeza. Bohechío luego se volvió a la mayor de las chicas jóvenes del grupo de cantantes y continuó, "Anakaona, por favor muéstrale a Anani su hamaca. Vas a ser su amiga y guía mientras ella esté aquí".

"Será un placer para mí", dijo Anakaona, con voz dulce pero fuerte, asintiendo con la cabeza a su hermano.

"Ahora, mis amigos de Kaleta. Vayan a bañarse, comer, descansar.... Esta noche tendremos un gran *areíto* para celebrar su llegada, y mañana por la tarde hablaremos del intercambio".

Cuando Anani vio a Kayabó otra vez esa noche, estaba acompañado por una joven chica encantadora de Xaraguá, con la piel cobriza, cabello negro y espeso, cortado en el estilo tradicional, y grandes ojos negros. "¡Anani"!, le saludó. "Me gustaría presentarte a Yajima... Yajima, ésta es mi hermana Anani". Las dos chicas se miraron con recelo.

El *areíto* comenzó con una larga canción sobre la historia de Xaraguá, cantada por Makuya, el *behike* local, acompañado por tres músicos tocando *mayoakanes* y media docena tocando flautas. A Anani le gustó a Makuya de inmediato, porque le hizo recordar a Arokael.

Aquella canción fue seguida por otra de las hijas y hermanitas de Bohechío, ésta sobre los peces de multicolores, mientras las chicas bailaban elegantemente, balanceándose hacia adelante y atrás como si estuvieran nadando debajo del mar. Luego, un grupo de cazadores salió y cantó acerca de su último éxito en matar a un gran manatí y de ofrecer la carne roja y dulce al Kacike Bohechío.

Bamo y sus hombres se levantaron y cantaron cómo habían capturado muchos *makutos* llenos de aves acuáticas al utilizar el truco de las *higüeras*—su mimetismo a través del canto y la danza pronto tenía a todos riendo a carcajadas. Después, escucharon una canción acerca de jóvenes amantes que todos en Xaraguá parecían saber de memoria, y varias docenas de parejas jóvenes salieron a bailar, incluyendo Kayabó y Yajima.

Un par de canciones más tarde, hubo una sobre la creación de los seres humanos de los murciélagos en la noche cuando Marokael dejó su puesto al frente de la Cueva Kacibajagua para ir a pescar con unos amigos, y por descuidarse en llamar a los espíritus pre-humanos de vuelta a la cueva antes de que surgiera *güey*, se convirtieron en seres humanos. Anani conocía bien esta canción y se unió a los demás tanto en el canto como en el baile.

Un poco más tarde, vio a Kayabó y Yajima saliendo, tomados de la mano, caminando en dirección a los *konucos*. Celosa, a pesar de que sabía que no debería estarlo—¡Kayabó era su hermano!— ella buscó el *behike* y fue a sentarse a su lado. Como ella había adivinada, se harían amigos estrechos, a pesar de la gran diferencia de edad.

Un poco después, Anakaona fue a buscarla y le preguntó si estaba lista para dormir. "*Jan jan* (sí)", respondió Anani. Despidiendo a Makuya, el *behike,* con "*taíno karaya* (buenas noches)" y una sonrisa, permitió que Anakaona le toma de la mano y la llevara al *bohío.*

El intercambio tomó cinco días, durante los cuales Anani aprendió muchas técnicas nuevas de curación con Makuya y aprendió aún más sobre el arte de la región con Anakaona, que la llevó a ver los famosos talleres de arte en madera esculpida de Xaraguá, todos dirigidos por mujeres. Anani conoció la mayoría de las artistas y se enteró de que la misma Anakaona, a pesar de tener tan sólo 15 años de edad, ya era una muy buena poeta y artista. Ella era especialmente hábil en tallar los envases de madera oscura que estaban en alta demanda como artículo de intercambio.

Anani incluso llegó a apreciar a Yajima, que no se apartaba de su hermano a más distancia que su propia sombra. Lento pero seguro, Yajima superó los celos de Anani al tratarla con cuidado y respeto amoroso, la misma manera en que ella trataba a Kayabó.

Los cuatro juntos—Kayabó, Yajima, Anakaona y Anani—iban a nadar todos los días en un charco cercano y comían todas sus comidas juntos.

En su sexto día en Xaraguá, Bamo fue a encontrar a Kayabó y a Anani, mientras estaban en el charco, bañándose con Yajima y Anakaona. Se unió a los niños, jugando como uno más en las aguas refrescantes. Mientras tomaban el sol en una roca caliente, las tres chicas haciendo turnos para peinar sus cabellos con un peine de concha que Anakaona había traído, Bamo miró a Kayabó y le preguntó: "¿Estás listo para continuar la aventura"?

"¿Qué"?, le preguntó, sentándose para mirar a su padre a los ojos.

"Estamos saliendo al amanecer, dispuestos a continuar a la Tierra de los Maya".

"Yo, yo...", tartamudeó Kayabó, mirando hacia Yajima con ojos atormentados. Entonces, volviendo a Bamo, le dijo a su padre, *"Jan-jan, Baba"*, pero con menos entusiasmo de lo normal.

A la mañana siguiente, antes del amanecer, Kayabó se despertó antes que los demás—otra vez. Salió a la playa y entró en el mar hasta que el agua le llegada a su cadera y las olas lavaban sus hombros. "¡Arokael"!, llamó, amplificando su voz con las manos alrededor de su boca. "Arokael, ¿me oyes"? Pero no había ninguna tortuga sonriente que le aconsejara, nadie para consolarlo. Al oír su nombre, se volvió hacia la orilla.

Anani vino nadando hacia él, agarrando su brazo para evitar que las olas se la llevaran. "Sabía que te encontraría por aquí en el mar", le dijo. "Tengo un mensaje para ti de Arokael. Él me dijo que está sonriendo y que debes estar sonriendo también. Dijo que la mujer-niña Yajima estará aquí en Xaraguá esperándote cuando regreses de la Tierra de los Maya, y que ella será tu esposa. También estaré yo, esperando tu retorno".

"¿No vas a venir con nosotros, Anani"?, le preguntó, el impacto triste claramente visible en su rostro.

"No, mi querido hermano. No puedo. Tanto Arokael como Atabeyra me han dicho en sueños que tengo que quedarme aquí en Xaraguá para aprender más artesanía y técnicas de sanación. Así que tienes que contarme todo acerca de tu aventura Maya al regresar.... Estoy segura de que tendré mi propia historia que contarte".

—EL FIN—

Glosario de palabras taínas, *Viaje a Xaraguá*

aón—Los perros amarillos, de tamaño mediano que acompañaron a los antepasados de los taínos en sus *kanoas* por la cadena de islas del Caribe desde la región de los ríos Amazona y Orinoco, se llamaban *aón*. Sus descendientes aún se encuentren tras toda la isla de Hispaniola hoy en día, mezclados con otras razas de perros. Los españoles escribieron que los *aón* eran mudos—que no podían ladrar—pero arqueólogos no han encontrado ningún razón física por esto. Es más probable que desde cachorros, los taínos les enseñaban los *aón* no ladrar, como otros perros de los indígenas tras las Américas. Así ellos no asustan a la presa de los cazadores ni indican a sus enemigos donde vive su gente.

areíto—Para celebrar el nacimiento de un bebé, una boda, una buena cosecha, un visitante importante, otros eventos especiales, o simplemente por diversión, los taínos celebraban un festival de canto y danza llamado *areíto* donde cantaron sus historias, bailando juntos el brazo-en-brazo en el *batey*, que era como una plaza comunitaria frente al *kaney* del *kacike* (casa del jefe). Los músicos mantuvieron el ritmo tocando *mayohuakanes* (tambores tallados en troncos huecos), *güiras* (instrumentos "rascadores" hechos de *higüeras* huecas), *marakas*, flautas y silbatos.

baba—"Baba" es la palabra Taína para "padre". Para nosotros, "padre" normalmente refiere al hombre que nos crea junto con nuestra madre. Los taínos, sin embargo, usualmente tenía múltiples "padres" que vivían con ellos, los criaban, los entrenaban y los cuidaban. Estos "padres" eran los hermanos de sus madres, a quienes podríamos llamar "tíos". Los maridos de las mujeres vivían con sus propias madres y hermanas y actuaban como padres de los hijos de sus hermanas.

behike/behika—Así como el cielo tiene el sol y la luna, Los taínos tenían dos líderes igualmente importantes, el *behike/behika* y el *kacike/kacika*. El *behike* era el líder religioso del pueblo que hacía los roles de curandero, maestro, artista principal y árbitro en el juego de la pelota (que era muy importante para los taínos) llamado *batey*. El *batey* era tanto un rito religioso como un deporte, y además servía como el tribunal taíno, para dirimir contiendas. Sin embargo, el *behike* realizaba muchos de sus rituales dentro de las cuevas que Los taínos consideraban sagradas, y que eran vistas como portales donde los representantes del mundo físico de los seres humanos y del mundo de los espíritus podían reunirse y negociar acuerdos de beneficio mutuo. Esta negociación con el mundo de los espíritus era considerada como una responsabilidad complicada y peligrosa para el *behike*.

bija—Las semillas rojas que han sido utilizadas desde la antigüedad por los pueblos indígenas del norte de América del Sur, América Central y el Caribe y cuyos nombres incluyen *bija/bixa*, *annatto/onato*, *achiote* y *urucú*. Su nombre científico es Bixa orellana. Bija se utiliza como un colorante y condimento para la alimentación, incluso hoy en día, especialmente para los platos y quesos nativos, así como para el color de la piel para las ceremonias religiosas y para mantener alejado los mosquitos. Su uso en la piel probablemente es la razón para el apodo "pieles rojas" para la gente indígena. Las semillas, hojas y raíces proporcionan curas para dolores de cabeza, diarrea, abscesos y todo tipo de infecciones de la piel, la garganta y los órganos.

bohío—Casa taína común que tenía un alto poste de madera en el centro y varios postes laterales, con paredes tejidas y un techo en forma de cono. En el interior había "tapices" tejidos de yerba natural de muchos colores, *higüeras* para guardar objetos de uso doméstico y *hamakas* para dormir por la noche. En los meses más fríos y en las montañas, una fogata en una especie de hogar redondo de piedra mantenía a todos calientes mientras el humo salía por un agujero central en el techo.

bukán—Una rejilla fabricada de palitos verdes para ahumar a pescado y carnes. Dio lugar al término "bucaneros" para los piratas que asaltaron las islas para el ganado vacuno que había ido silvestre y abundante en las islas caribeñas porque no tenían enemigos naturales. Los bucaneros ahumaban la carne en *bukanes* indígenas para alimentarse a bordo del barco.

ceiba—Este enorme árbol (también llamado "kapok") fue muy útil para los pueblos indígenas de las Américas. Proporcionaba la fibra que tejían en una hermosa tela de algodón, y su tronco muy alto y recto con pocas ramas podía convertirse en las grandes *piraguas* que se utilizaban para el comercio de larga distancia, algunas de las cuales podían contener 100 remeros además de bienes para comercio y las necesidades para los viajes. Algunas de las *ceibas* más grandes se consideraban sagradas.

cemí—Ésta es una palabra difícil de definir porque se refiere al mismo tiempo al espíritu o esencia de una persona fallecida, al espíritu o esencia de una de las figuras fundadoras del mundo taíno (que son lo que llamaríamos figuras míticas), a espíritus de la naturaleza, como los huracanes y el mar, y a los objetos físicos y a los símbolos que los representan en pinturas, tatuajes, piedras talladas, cestas tejidas y todo tipo de esculturas. Hay que tener en cuenta que, al igual que los cristianos no adoran directamente la cruz o el crucifijo sino lo que la cruz y el crucifijo representan, del mismo modo los taínos no adoraban los símbolos o esculturas de sus *cemís*, sino lo que representaban.

fotuto—Una trompeta de concha de lambí. También llamado *guamo*.

guanín—Una mezcla de oro, plata y cobre, *guanín* era una especie de bronce fundido y utilizado por Los Maya y codiciado por los taíno, que no sabía fundir a metal. Los pueblos indígenas valoraban el *guanín* más que el oro puro porque brillaba más como el color del sol que el oro puro, algo que los españoles nunca entendieron.

¡guay!—Los cronistas españoles anotaron que "*guay*" era la exclamación de sorpresa o emoción más común de los taínos.

güey—La palabra taína para "el sol".

hamaka—Palabra taína que ha pasado directamente al español, y al inglés como "hammock".

higüera—La palabra taína para "calabaza" que aún se usa en el Caribe hispánico.

jan jan—La palabra taína para "sí".

Kacibajagua—El nombre de la cueva de la cual las historias de los taínos dicen salieran todos los seres humanos de las islas.

kacikazgo—La gama del poder político de un *kacike*, su "jefatura".

kacike—Igual que como en el cielo hay un sol y una luna, los taínos tenían dos líderes igualmente importantes, *behikes/behikas* y *kacikes/kacikas*. El equivalente más cercano en español de *kacike* es "jefe". Los *kacikes* estaban encargados de decidir cuándo sembrar, cuándo cazar o pescar, cuándo cosechar y cómo dividir los cultivos entre su pueblo. Vivían en una casa rectangular (y por eso especial) que llamaban *kaney*, con una galería cubierta. Vivian con sus esposas (¡a veces hasta 30!) y sus hijos. El *kaney* del *kacike* daba a la plaza principal del pueblo, y los *bohíos* (las casas redondas más comunes) de los otros habitantes eran construidos alrededor de él. Las familias más estrechamente relacionadas al *kacike* construían sus *bohíos* en torno al *kaney* del *kacike*, mientras los *bohíos* de los que no eran familiares cercanos estaban más lejos. Los *kacikes* tenían ciertos tipos especiales de alimentos reservados para ellos, llevaban ropa elaborada durante eventos ceremoniales y eran enterrados con objetos preciosos para que se los llevaran con ellos a *Koaibey*, el cielo taíno.

kaney—A menudo definido como el "palacio" de un *kacike*, era una gran estructura rectangular de madera con una terraza cubierta a un lado para albergar sus *cemís* y donde se celebraban ceremonias especiales. El *kacike*, todas sus esposas y sus hijos vivían en el *kaney*.

kanoa—Palabra taína que ha pasado directamente al español y al inglés (como "canoe"). los taínos las hacían de troncos de árboles, por lo general del árbol de la *ceiba*. Los taínos eran increíbles navegantes que intercambiaban artículos comerciales en todo el Caribe, así como a lo largo de la costa caribeña de América Central y la parte norte de América del Sur.

karey—La palabra taína para la "tortuga verde del mar".

kasabe—El "pan" de los taínos, se parece más a lo que llamamos una galleta, para que esté crujiente. Hecho de *yuka* amarga rallada, que es venenosa a menos que todo el *veicoisi* (líquido) es expulsado antes de cocinarla. Los niños taínos jugaban extrayendo el *veicoisi*, usando un *cibukán*. Como el jugete de los chinos que se llama una rompecabezas (pero una versión gigante), el *cibukán* se llenaba de *yuka* guayada, el bucle superior se colocaba sobre un tocón de rama alta de árbol, y una rama gruesa colocada a través del bucle inferior, con un recipiente de barro en la parte inferior. Sentados en la rama más baja, los niños brincaban para exprimir el líquido. El *kasabe* contiene una gran cantidad de calorías, calcio y vitamina C, aunque muy poca proteína, que ya que es principalmente un carbohidrato. Además, una vez cocido y secado al sol, se puede ser almacenado por más de un año sin ponerse rancio, mohoso, o atraer gusanos o insectos.

konuko—Huertos taínos muy distintos a los huertos de tala y quema de la mayor parte de los pueblos indígenas de América del Sur. Un *konuko* era una serie de montículos de tierra de alrededor de 6 pies de diámetro y que llegaban como hasta la rodilla, y donde todos los cultivos se sembraban juntos: el maíz y la *yuka,* que proporcionaban la oportunidad para trepar a las habichuelas, además de *ajíes* (chiles picantes), maní, y una especie de calabaza llamada *auyama,* cuyas grandes hojas daban sombra e impedían que crecieran las malas hierbas. Lo más importante era que el montículo de tierra suelta ayudaba a mantener las raíces de las plantas sin que se pudrieran. En las regiones áridas, los taínos construían canales de riego para mantener sus *konukos.*

makuto—Una canasta tejida, usualmente de forma rectangular, que todavía se utiliza en toda la isla hoy en día, a menudo en pares para poner encima de un burro o en la espalda de un caballo, o sobre el guardabarros trasero de una motocicleta.

manatí—La palabra taína para esta dócil "vaca marina" ha pasado casi sin cambios tanto en español como en inglés. Por desgracia, los españoles mataron y comieron a muchos de los manatíes de las Antillas Mayores, porque se dice que su carne tiene el sabor de ternera y el Papa estuvo de acuerdo en que, como era una criatura marina, se podía comer incluso durante la Cuaresma. Hoy en día, las hélices de los barcos, la contaminación y la destrucción de las lagunas de manglares en las que viven han dejado a menos de 250 manatíes vivos en las selvas y reservas de La Española.

manaya—La palabra taína para una "hacha".

mayaba ayai—Taíno para "¡A la tierra maya más al occidental"!

piragua—Similar a una *kano*a, pero mucho más grande y generalmente se utiliza para los intercambios de los bienes comerciales de larga distancia. ¡Algunas eran lo suficientemente grandes como para llevar 100 remeros, además de productos de comercio!

rahú—La palabra taína para "niño" o "niños".

taikaraya—Literalmente quiere decir "buena luna", y es así como se dice "buenas noches" en taíno.

taíno ti—Una manera moderna de decir: "Que el Gran Espíritu esté con ustedes". Es una frase utilizada por los especialistas que intentan reconstruir la lengua taína hoy en día.

tiburón—La palabra taína para "tiburón," que ha pasado directamente al español, sin cambios.

yukayeke—Sobre la base de la palabra *"yuka"*, que era el carbohidrato principal de los taínos, esta es su palabra para una zona residencial de los taínos— como nuestra palabra "pueblo" o "ciudad"—algunos de los cuales llevó a cabo más de 10,000 residentes.

MUESTRA DEL CUARTO LIBRO:

Llegada del Akani *(Enemigo)*
Serie "Taíno Ni Rahú", Libro 4 de 10

Antecedentes históricos

Los dos personajes principales de la serie son los taínos Kayabó y Anani, un hermano y hermana. Kayabó ahora tiene 14 años y Anani 12 ½ cuando esta parte de la historia tiene lugar, ya que comienza en abril y termina seis meses después, a principios de octubre de 1490. Vienen de Kaleta, un pueblo de pescadores en la Costa Caribe, justo al este de la actual Santo Domingo, donde todavía se encuentra el poblado de La Caleta. Sin embargo, esta historia tiene lugar al oeste de República Dominicana, en lo que hoy es Puerto Príncipe, capital de la República de Haití, que una vez fue conocida como Xaraguá, el más grande y más culturalmente avanzado de los *kacikazgos* taínos de la isla. Anani se queda aquí con la joven Anakaona (hoy en día, Anakaona es la más querida de todas las mujeres taínas que alguna vez han vivido), mientras Kayabó y muchos otros miembros masculinos de su familia hacen un viaje comercial a la tierra de Los Maya, en la actual Península de Yucatán para comerciar por *guanín*, pues los taínos no fundía metal. Los Taíno tenía una relación pacífica con Los Maya, pero no con el feroz pueblo Karibe de las Antillas Menores.

Llegada del Akani (Enemigo)
Lynne Guitar, Ph.D.

Anani ha estado en Xaraguá por sólo cuatro lunas, pero ya conocía como caminar por todas partes, tanto en el *yukayeke* (zona residencial) como el territorio circundante. Comparte un gran *bohío* (casa) con las hermanas del Kacike Bohechío y sus hijas, pero la persona con quien pasa la mayor parte del tiempo es con Makuya, el anciano *behike* (shaman/curandero/co-líder) de Xaraguá. Aunque es mucho mayor que ella, lo consideraba como uno de sus mejores amigos. Es como su propio abuelo, Arokael, el antiguo *behike* de Kaleta, que había muerto hace dos años. Tiene otras dos amigas que eran más o menos de su edad: Anakaona, una de las hermanas del *kacike*, y Yajima, la joven de Xaraguá que se había enamorado de su hermano.

Aunque Xaraguá, el más grande *kacikazgo* (jefatura) de toda la isla, tiene muchos más habitantes que la Kaleta, su pequeño pueblo de pescadores, Anani muy a menudo se sentía sola. No tiene familia aquí y después de todo, ni siquiera tiene 12 años de edad—a pesar de que pronto los cumpliría—y ya era una *behika* (curandera y líder feminina), por lo que la mayoría de la gente de Xaraguá no sabe cómo tratar con ella.

Un *aón* (perro) amarillo de tamaño mediano, que ella nombró Birán, se ha convertido en su compañero constante. Le dio ese nombre en honor de Opiyelguabirán, el espíritu guía de Los Taíno que era parte-hombre-y-parte-*aón* y que custodiaba la entrada al *Koaibey* (el más allá de los taínos). Juntos, ella y Birán exploraban todo el *yukayeke*, recopilando hojas, cortezas, raíces y hierbas curativas en los bosques cercanos y a lo largo de las riberas de los ríos.

Anani especialmente echa de menos a su hermano Kayabó, quien está en un viaje comercial a la Tierra de Los Maya, que viven muy lejos hacia el oeste. De vez en cuando ella tenía sueños en los que Arokael le decía que Kayabó y los demás familiares en el viaje de comercio estaban sanos y felices. Y Anani sabe que su guía espiritual personal, Atabeyra, le informaría si Kayabó se encontrara en cualquier tipo de problema, tal como lo había hecho en el pasado.

"Birán! ¿A dónde te fuiste"?, llamó Anani. Estaban en lo profundo del bosque, casi en la cima de la cadena de montañas que conformaban el telón de fondo de la principal zona residencial de Xaraguá.

El *aón* salió corriendo detrás de una gruesa agrupación de arbustos, todo emocionado. Golpeó con su cabeza la pierna de Anani, se dio la vuelta y corrió hacia de los arbustos de nuevo... entonces volvió de nuevo empujando a Anani hacia los árboles.

"Aiyee"!, ella exclamó, siguiendo a Birán a través de la corta, estrecha entrada de una cueva que estaba bien escondida entre los arbustos. Ella tuvo que agacharse para pasar, pero después de un rato, pudo ponerse de pie otra vez. Escuchaba mientras sus ojos se comenzaron a ajustar al oscuro interior, pero los únicos sonidos dentro de la cueva eran los de su propia respiración y la de Birán. Ahora veía, casi directamente en frente de ella, una estalactita con la cara tallada distintiva de Marokael, mirando hacia la entrada de la cueva. Él era el protector de las cuevas sagradas, advirtiendo que cualquier persona que no era un *behike* o *behika* no debía entrar.

Anani regresó afuera y encontró un palo verde robusto, pequeñas ramitas secas, un gran doble puñado de musgo seco y bejucos verdes con lo que rápida y hábilmente elaboró una antorcha.

Al entrar en la cueva de nuevo, hizo chispas con golpes de su pedernal contra una roca cercana para encender la antorcha y mirar alrededor. La cueva consistía en una gran entrada principal, con dos cámaras muy grandes a la derecha. Las dos tenían una multitud de columnas, estalactitas y estalagmitas, pero nada de pictografías. La cámara de entrada, sin embargo, tenía muchas paredes lisas que estaban casi llenas de pictografías encantadoras. Birán soltó un ladrido tranquilo, que era bastante inusual, ya que a los *aón* se les enseñaban desde el momento que nacían a no ladrar—sus ladridos podrían asustar a la presa durante la caza o podrían conducir a los feroces Karibes hacia los *yukayekes* donde vivía su gente.

Birán estaba mirando hacia arriba, por lo que Anani levantó la vista también. Allí, justo encima de su cabeza, se encontraba la pictografía más grande que jamás había visto, ¡un boceto perfectamente pintado de un *aón* que era más largo que el tamaño de Anani! Al lado había otra enorme pictografía, ésta de una ave grande, una *babiyaya* (flamenco) de patas largas como las que había visto cuando Makuya la llevó a visitar el lago grande y poco profundo lleno de agua salada que estaba a cuatro días de caminata de Xaraguá. Makuya le dijo que las *babiyaya*, que eran increíblemente rosadas, eran de ese color debido a las pequeñas criaturas marinas de color rosa que eran su comida favorita. En esta pintura, la *babiyaya* estaba volando, con sus grandes alas extendidas, su cuello bien estirado hacia adelante y sus piernas estiradas hacia atrás.

La Llegada del Akani (Enemigo)
Está disponible ahora en Amazon.com

Lynne Guitar, Ph.D.

SOBRE LA AUTORA

Lynne Guitar volvió a la universidad como una estudiante de segundo año con 42 años de edad en la Universidad del Estado de Michigan, graduándose con dos Licenciaturas en Letras, una en Antropología Cultural y otra en la Historia de América Latina. Le otorgaron una beca para la Universidad de Vanderbilt, donde ella ganó su M.A. (Maestría en Artes)y Ph.D. (Doctorado) en la Historia de Latinoamérica Colonial. Otras becas para estudiantes de posgrado le permitieron estudiar en diferentes archivos históricos de España durante medio año; también se le otorgó en 1997-98 una Beca Fulbright de un año para completar los estudios para su doctorado en la República Dominicana en 1997-98. Allí permaneció por 18 años adicionales.

De hecho, Lynne visitó la República Dominicana tres veces: la primera vez por 10 días en 1984, cuando se quedó fascinada por los indios taínos; la segunda vez durante cuatro meses en 1992 como estudiante de pregrado en el extranjero; y la tercera vez, como ya se mencionó, durante 19 años, incluyendo un año para completar la investigación y redacción de su tesis doctoral, *Génesis Cultural: Relaciones entre africanos, indios y españoles en la Hispaniola rural, primera mitad del siglo XVI.* Trabajó en la Guácara Taína durante dos años, era profesora en una escuela secundaria bilingüe en Santo Domingo durante cinco años y en 2004, se convirtió en Directora Residente del CIEE, el Consejo de Intercambio Educativo Internacional, en Santiago, donde dirigió programas de estudios en el extranjero para estudiantes norteamericanos en la universidad principal de la República Dominicana (Pontificia Universidad Católica Madre y Maestra) hasta su retiro en diciembre de 2015. Ahora reside con dos de sus cuatro hermanas en Crossville, Tennessee.

Lynne Guitar, Ph.D.

Lynne ha escrito muchos artículos y capítulos para varias revistas y libros de historia, y ha protagonizado más de una docena de documentales sobre la República Dominicana y los pueblos indígenas del Caribe, incluyendo documentales para la BBC, History Channel y Discovery Channel. Su deseo siempre fue escribir ficción histórica. Lynne sustenta que se puede enseñar a mucha más gente con ficción histórica que con ensayos históricos profesionales. Estos son sus primeros libros de ficción histórica que se publican.

Made in the USA
Las Vegas, NV
26 October 2021